STS

山田社

STS

山田社

全新版

早晚5分鐘！日語文法越學越輕鬆

すごい！

福田真理子◎著

CD付き

妙招公式

私（わたし）はカメラがあります。
我有照相機。

私（わたし）は	＋	カメラが	＋	あります。
主語		補語		述語
我		照相機		有

山田社
Shan Tian She

前言

《全新版 早晚5分鐘 日語文法 越學越輕鬆》全新版出擊啦！

「中文句」瞬間變「日文句」

文法越學越輕鬆，不怕枯燥、複雜

句中單字有何任務，串聯漫畫比一比

句子語順，輕鬆「照」進記憶裡！

塊狀圖表文法・解說要點整理

快速切入核心記憶，怎麼看就怎麼懂

《全新版 早晚5分鐘 日語文法 越學越輕鬆》一樣能輕鬆上手，強調在中文語順的基礎之下，稍加變化就能成為日語語順，也就是添上適當的日語助詞、活用語的變化，就是一個正確又完整的日語句子了！書中告訴您，如何將：

中文語順：我吃兩碗飯。

瞬間變

日文語順：我飯兩碗吃。

記了就會用，超好吸收！簡單又好玩，一個人也能輕鬆持續學到最後！特色有：

1.【專為中國人寫的日語文法，一眼記住】！

每課的基礎句，先以「中文語順→中文變日文→日文語順」的記憶圖表，喚起您的中文記憶，並帶您一起在大腦中將句子轉換成日文。只要稍加改變各詞語順序，日文語順就是這麼簡單好記！並快速攻克新制日檢重組句題！

2.【文法圖像化，漫畫比一比，秒速理解文法】！

每一個基礎句的語順，都有可愛的圖畫，讓您一看就知道句中詞語的位置順序，跟所擔任的任務。這裡利用笑點十足、可愛的插圖漫畫，帶您「進入情節」同時把句子的語順，輕鬆「照」進記憶裡！

不僅如此，「漫畫比一比」告訴您，語順不同，意思可能會完全相反（例如：「一郎愛花子」變成「花子愛一郎」），也可能是個搞笑的畫面（例如：「我打球」變成「球打我」）。由於生動的表演，就像看了一場連續劇，有趣好吸收！可說是，史上最好懂！怎麼看就怎麼懂！

3.【插圖＋文法整理，一頁達陣】！

《全新版 早晚5分鐘 日語文法 越學越輕鬆》特別設計整面的大幅插圖，為您解說最基礎卻最關鍵的文法。我們深信良好的基礎，除了能夠使日後深入學習更加順利之外，通透全面的理解也是能否活用的關鍵所在！透過生動插圖的引導與實際展現，您可以在腦中實際演練，獲得最可用、同時最實用的日語基礎力！

4.【塊狀圖表文法，整理清晰，一看就懂】！

無論是形容詞的各種變化、形容動詞的活用，還是代名詞與品詞的功能與分析，本書都為您做出最清楚、卻最齊全又最簡明的終極總整理。同樣導入圖像記憶的概念，以單一形容詞為中心發展出各種變化，並在書中化做圖表，讓您用觀賞卡通般的心情一次攻略所有文法！

5.【解說文字＋要點整理＝快樂又紮實，一本就夠】！

害怕太過輕鬆快樂而鬆懈了認真學習的心情嗎？不必擔心！除了圖像之外，由日語教學經驗豐富的老師們所撰寫的解說文字，以最簡單、字數最精簡的文字，為您做最易懂的說明。

無論您擅長圖像記憶或是文字記憶，書中文圖相輔相成，帶領您體會最高的學習效果！每一課最後都附有要點整理，用精要的文字整理本課文法，不僅可以在學習過後加強記憶，同時是您準備考試、重點複習的最佳幫手！

6.【精選相關練習問題，測驗應考實力，一考就上】！

《全新版 早晚5分鐘 日語文法 越學越輕鬆》每課皆附有豐富練習題，讓您立刻檢驗學習成果，應付新制日檢考試的「句子重組」題型最適用！也能簡單寫日語作文。內容包含翻譯練習、按照語順寫句子、排排看…等，內容皆與當課內容相關，除了自我檢驗之外，利用手寫來加強記憶，效果將會好到令您驚訝不已！

您有學習日語文法的困擾嗎？《全新版 早晚5分鐘 日語文法 越學越輕鬆》從單字語順，由淺入深，比較整理，學習一次到位，絕對是您的終極救星！

本書推薦給所有教授日語文法入門的老師，也推薦給想從零開始自學，或學過想再從頭學的人。

目錄

Step 1 先弄懂一下

Step 2 基本句型

Step 3 補語+述語

Step 4 變形句

Step 5 用言修飾語+述語

一次到位！

日語文法

有哪些品詞呢

• 日語共有 11 種品詞。

成分	文節	單字	品詞
主語	太郎は	太郎（たろう）	【名】詞
		は	【助】詞
修飾語	ゆっくりと	ゆっくりと	【副】詞
補語	刺身を	刺身（さしみ）	【名】詞
		を	【助】詞
述語	食べた。	食（た）べ	【動】詞
		た	【助動】詞

十一種品詞

品詞	單字	
【動】詞	あ 会う 見面	み 見る 看
【名】詞	て 手 手	あめ 雨 雨
【代名】詞	どこ 哪裡	これ 這個
【形容】詞	やす 安い 便宜	たの 楽しい 快樂
【形容動】詞	しず 静かだ 安靜	べんり 便利だ 方便
【副】詞	すこ 少し 一些	とても 非常
【連體】詞	その 那個	おお 大きな 大的
【接續】詞	しかし 但是	だから 所以
【助】詞	を　は　が　から（從…）　のに（卻…）	
【助動】詞	た　れる　そうだ（聽說）	
【感動】詞	はい（是的）　ああ（啊）	

第一課 就是要當主角
主語

TI

要說某人做什麼事啦！人如何啦！從事什麼工作啦！這個某人就是這個話題的主角，日語文法叫「主語」。主語是指實際進行某動作的主體，或存在的主體。也指某性質、某狀態、某關係的主體。一般放在句子的前面。例如：

（主語）	（述語）	‧‧‧‧（單字語順）
主體	動作、存在、性質、狀態、關係	
↓	↓	

1. 私(わたし)は 行(い)きます。 我去。（動作）
2. 本(ほん)は あります。 有書。（存在）
3. 雪(ゆき)は 白(しろ)いです。 雪是白的。（性質）
4. 京都(きょうと)は きれいです。 京都很漂亮。（狀態）
5. 太郎(たろう)は 学生(がくせい)です。 太郎是學生。（關係）

其中「私」是「行きます」這個動作的主體。「本」是「あります」這一存在句的主體。「雪」是「白いです」這一性質的主體。「京都」是「きれいです」這一狀態的主體。主語「太郎」等於「學生」，兩者的關係是劃上等號的。主語一般是名詞、代名詞還有形容詞的語幹等。

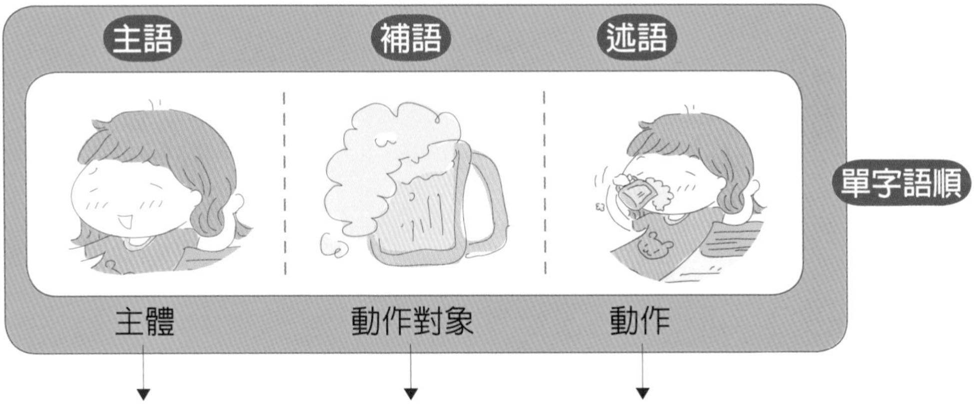

1 花子（はなこ）は。　花子。

2 花子（はなこ）は　ビールを　飲（の）みます。　花子喝啤酒。

「花子喝啤酒。」，花子就是做「喝啤酒」這個動作的主角，也就是主語了。

要知道哪個是主語，看看助詞就知道了。這句話的主語助詞「は」。日語的特色就是有助詞來告訴您哪是主語喔！（助詞請看下一單元）

第二課 好像婢女、書童 助詞

T2

日語的助詞就像古代的婢女、書童一般，是來輔助主人，並顯示主人的身份是主語、補語還是修飾語。也就是說一個句子裡，各個單字間互相的關係，就靠助詞來幫忙弄清楚啦！當然助詞一定是緊緊跟在主人後面囉。也因為是這樣，日語又叫膠着語。

日語的助詞還不少，入門階段，首先要掌握的有：

「は」表示動作、狀態、關係、性質等主體。

「が」表示動作或狀態的主體，要求或願望的對象。

「を」表示動作的對象，移動時經過的痕跡或移動起點。

「に」表示到達點、動作的對象、移動的目標。

「へ」表示移動的目標或到達點。

「と」表示一起動作的對象。

「から」表示時間跟空間的起點或原因。

「まで」表示時間跟空間的終點。

1 は　　　　を　　　　ます

2 花子(はなこ)は　　　ビールを　　　飲(の)みます。花子喝啤酒。

「花子はビールを飲みます。」（花子喝啤酒。）這句話用助詞「は」表示「花子」是主語，也就是喝這一動作的主體。「を」表示「ビール」是補語，也就是「喝」這一動作的對象了。

助詞中，還有表示比較對象的「より」；方法、材料或原因的「で」；原因的「ので」；所屬或是並列的「の」；放在句尾，表示疑問或勸誘的「か」。

第三課 用行動襯托主題 述語

T3

先提出主語「花子」了，至於她做了什麼動作？人在哪裡？長得怎麼樣？職業呢？要做這些敘述，都需要後面的述語。日語的述語有動詞、形容詞、形容動詞、跟名詞。

另外，要注意的是，日語的述語一般都是放在句尾的喔！

（主語）　（述語）　‥‥（單字語順）

主體	動作、存在、性質、狀態、關係

普通體（鄭重體）

↓　↓

1. 花子(はなこ)は　行(い)く（行(い)きます）。　花子去。（動詞-動作）
2. 花子(はなこ)は　いる（います）。　花子在。（動詞-存在）
3. 花子(はなこ)は　美(うつく)しい（美(うつく)しいです）。花子很美。（形容詞-狀態）
4. 花子(はなこ)は　素直(すなお)だ（素直(すなお)です）。　花子很純樸。（形容動詞-性質）
5. 花子(はなこ)は　学生(がくせい)だ（学生(がくせい)です）。　花子是學生。（名詞-關係）

述語一般放在句尾，在形式上有「普通體」跟「鄭重體」兩種。普通體中動詞是以「u」（例如：見る）、形容詞是以「い」、形容動詞跟名詞是以「だ」結束。鄭重體的動詞是以「ます」，其他都以「です」結束。詳細請看第28～32、42～43、49頁。

1 花子（はなこ）は　　　　飲（の）みます。花子喝。

2 花子（はなこ）は　ビールを　飲（の）みます。花子喝啤酒。

動詞述語的「飲みます」（喝），是主語「花子」的動作。

例句（1）只有主語「私」（我）和述語的動詞「飲みます」（喝），沒有補語，讓人家不知道是喝什麼；例句（2）很清楚地知道花子喝的是「啤酒」。

第四課 我不能沒有你
補語

T4

主語跟述語是一個句子的主要中心。但是，有時候，單靠述語是沒有辦法把意思說清楚的，這時就需要補語這樣的角色，來把意思進行補充說明。補語一般放在述語的前面。

補語就像把一張素顏的臉龐，補上彩妝一樣，把面貌修補得更完美。

補語一般以「名詞+助詞」的形式，跟述語保持一定的關係。補語的種類有：對象、場所、手段、材料、範圍、變化的結果…等，詳細請參考STEP3。

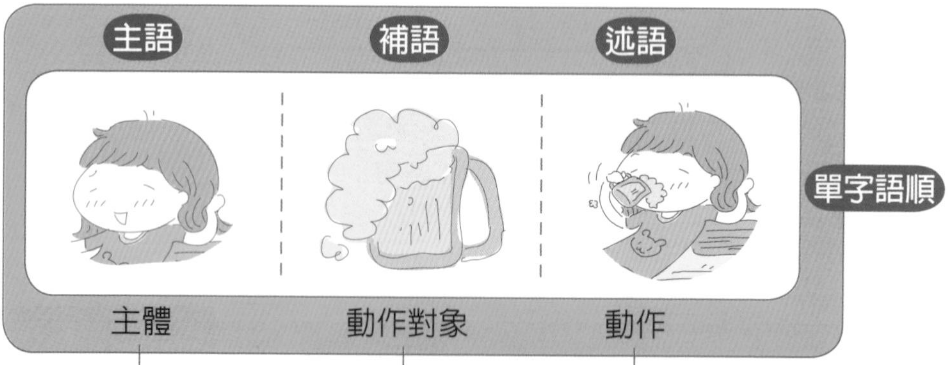

1 ビールを 啤酒。

2 花子（はなこ）は ビールを 飲（の）みます。花子喝啤酒。

「花子はビールを飲みます。」中，補語以「ビール＋を」的形式，跟動詞述語「飲みます」構成「動作對象」的關係。也就是說「飲みます」需要有一個喝這個動作的對象，那個對象就是補語「ビール」，再加補語助詞「を」。

第五課 講清楚說明白

修飾語

大熱天，為了消暑，一口氣喝下啤酒，能瞬間刺激喉嚨，全身感覺清爽！要說「太郎一口氣喝了啤酒。」其中「一口氣」就是這個單元要說的「修飾語」了。

「修飾」就是讓句子的內容更詳細、明確的意思。就像一個造型設計師，把一個五官平凡的女孩，打造成五官立體，摩登的女孩一樣。

修飾語分為修飾體言的體言修飾語，跟修飾用言的用言修飾語。體言是指名詞、代名詞；用言是會有活用變化的動詞、形容詞及形容動詞。詳細請看第28～32、42～43、49頁。

修飾語一般放在被修飾語的前面。

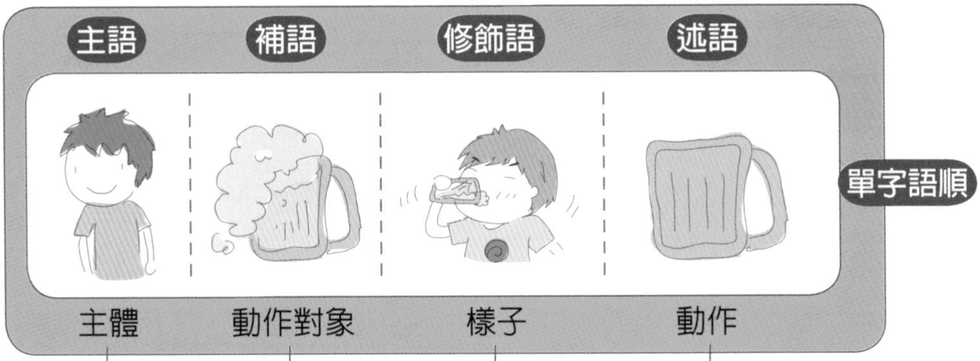

1 太郎（たろう）は　ビールを　飲（の）みました。　太郎喝了啤酒。

2 太郎（たろう）は　ビールを　一気（いっき）に　飲（の）みました。　太郎一口氣喝了啤酒。

例句（1）只說太郎喝了啤酒。例句（2）加入修飾語「一気に」來修飾後面的動詞「飲みました」，更清楚表現出程度是「一口氣」的。

代名詞的圖像

• 不稱呼對方的名字、名稱，而用「你、我他、它」來稱呼人或物的叫代名詞。

話題中的人物

かのじょ
彼女
（她）

かれ
彼ら
（他們）

かれ
彼
（他）

あいつ
（他，那傢伙）

自己

わたし
（我）

わたくし
（我，敝人）

ぼく
（我，在下
<男生用語>）

おれ
（我<男生用語>）

對方

あなた
（你／妳／老公）

おまえ
（你／妳）

きみ
（你／妳）

どなた
（哪位）

だれ
（誰）

不知道是誰？

練習問題

1 照語順寫句子　依照下面的語順，改成一個完整的日文句子

1. 她 → 音樂 → 聽

　音楽（おんがく）　聴（き）きます

____

2. 他 → 日語 → 教

　日本語（にほんご）　教（おし）えます

____

3. 我 → 飯 → 慢慢地 → 吃

　ご飯（はん）　ゆっくり　食（た）べます

____

2 排排看　請把盒子裡的字，排成正確的句子

1. 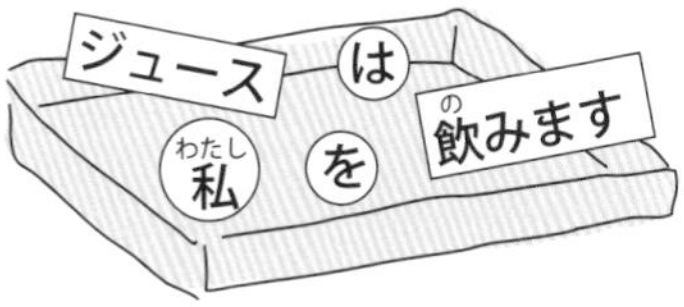

____

ジュース＝果汁

2. 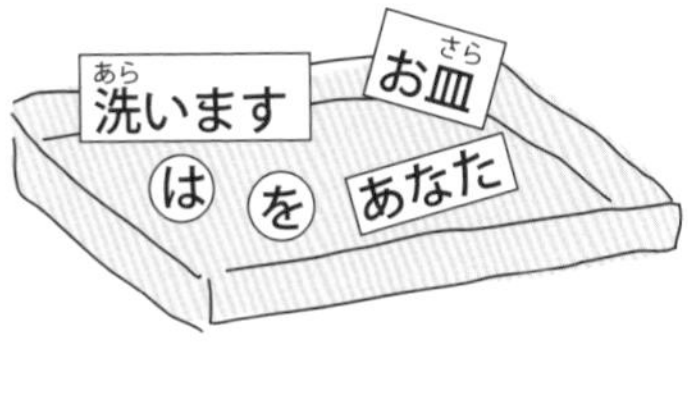

____

洗（あら）います＝洗；お皿（さら）＝盤子

第一課 做什麼

（一）主語+述語

基本句中的「做什麼」語順是「主語+述語」。主語是由助詞「が」來表示的。

如：「雨が降ります。」（下雨。）、「鳥が飛びます。」（鳥飛。）、「花があります。」（有花。）等。這時候述語的「降ります、飛びます、あります」等表示動作、作用、狀態及存在的單字，就叫動詞。

這個動詞，由於不需要動作的對象，沒有人為的意圖而發生的動作，是因為自然等等的力量而有的動作，所以又叫做自動詞。

中文說「下雨」，動詞是在前面，主語是在後面。而日語的語順剛好是相反的，把動詞「下」放在主語「雨」的後面，當然主語要用助詞「が」來表示囉！語順是，

話題が+動作。

語順 圖表記憶 喀擦一聲！把文法圖表照進記憶中！

1 中文語順 → 下→雨。

2 中文變日文 → 雨が→下ります。
雨　　降ります。

3 日文語順 → 雨（あめ）が　降（ふ）ります。
下雨。

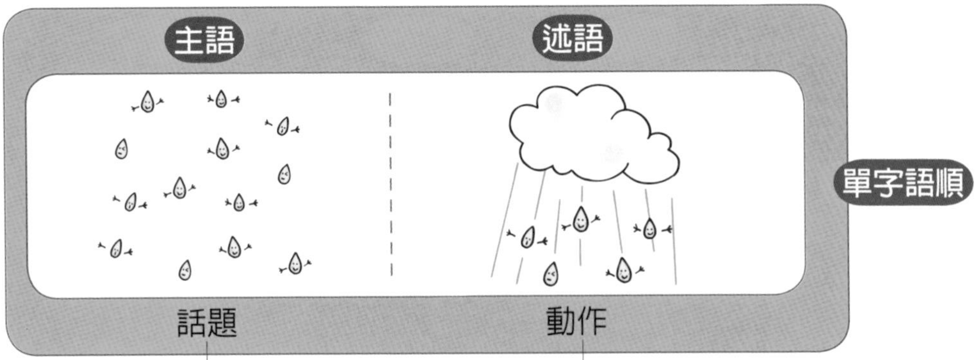

1 雨（あめ）が。　　雨。

2 雨（あめ）が　降（ふ）ります。　　下雨。

以一個句子為基本，然後再發展成更長的句子，這個基本的句子，就叫基本句。基本句的定義是：（1）句中的每個單字，都是缺一不可的。（2）基本句中的述語，有動詞、形容詞還有名詞。（3）述語都是肯定形的。

上面的例句（1）只提到「雨」，沒有後面的述語，所以不是完整的句子。例句（2）有主語跟述語，這樣才算完整的句子。

（二）主語+補語+述語（1）

T7

基本文中，還有中間加入補語的「主語+補語+述語」的基本句。其中補語是由助詞「を」來表示的。這裡的補語是承受述語動作的對象的人或物。

而述語部分的動詞，由於是需要有個補語，來當作承受動作的對象，所以又叫做他動詞。這是相對於不需要承受動作對象的自動詞喔！

「日本人喝味噌湯」這句語順是，將動作「喝」移到句尾。然後助詞各自發揮作用主詞用「は」，補語用「を」表示。注意喔！日語的語順中，動詞往往是放在句尾的喔。語順是，

主體は+動作對象を+動作。

語順 圖表記憶 喀擦一聲！把文法圖表照進記憶中！

1 中文語順

日本人→喝→味噌湯。

2 中文變日文

日本人は→味噌湯を→喝みます。
日本人　味噌汁　飲みます。

3 日文語順

日本人（にほんじん）は　味噌汁（みそしる）を　飲（の）みます。
日本人喝味噌湯。

1 日本人（にほんじん）は　　　飲（の）みます。日本人喝。

2 日本人（にほんじん）は　味噌汁（みそしる）を　飲（の）みます。日本人喝味噌湯。

主語就是做這個動作的人囉！日語中補語一般是在述語的前面。「他動詞」指的是人為的，有人抱著某個目的有意識地作某一動作。

看漫畫比比看

上面例句（1）主語喜歡喝什麼呢？沒有承受喝這個動作的對象，所以意思就顯得不夠完整。為了讓「飲みます」（喝）有個對象，也讓意思能完整呈現，所以例句（2）加入補語「味噌汁」後接補語助詞「を」。

（三）主語+補語+述語（2）

T8

日語中有許多的他動詞，大部分的他動詞，補語是用助詞「を」來表示的。但是，也會因為動詞述語的不同，而使用不同的補語助詞。

除了「を」之外，還有書童「____と」「____へ」「____に」「__から」「____まで」「____より」等，都可以當作補語助詞的。詳細部分，請參考STEP3。

要說「太郎和花子吵架」把「和」移到花子的後面，就行啦！這句話，中文的動詞，很乖地跑到後面，所以比較簡單啦！語順是，

主體は+動作對象と+動作。

語順 圖表記憶 喀擦一聲！把文法圖表照進記憶中！

1 中文語順
太郎→和→花子→吵架→了。

2 中文變日文
太郎は→花子→和（と）→吵架し→了（ました）。
太郎　花子　と　けんかしました。

3 日文語順
太郎（たろう）は　花子（はなこ）と　けんかしました。
太郎和花子吵架了。

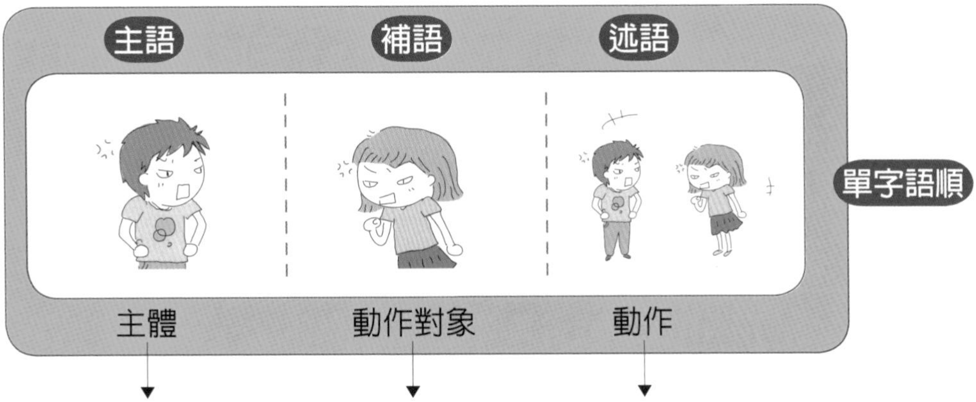

1 太郎（たろう）は　けんかしました。太郎吵架了。

2 太郎（たろう）は　花子（はなこ）と　けんかしました。太郎和花子吵架了。

看漫畫比比看

上面例句（1）只提到太郎吵架了，沒有述語動詞「けんかしました」的補語，所以不知道跟誰吵架；例句（2）加上了補語「花子」，才知道吵架的對象。整個句子就很清楚了。

（四）有兩個以上的補語

◎ T9

有些動詞述語，不僅只有一個補語，而是有兩個補語。如：「お母さんは太郎にお金を渡します。」（媽媽給太郎錢）中主語是「媽媽」，做的動作是「渡します」（給），先拿錢在手上，所以直接補語是「お金を」，然後給間接的補語「太郎に」。

從這裡可以清楚看到，間接補語用助詞「に」表示，直接補語用助詞「を」表示。

「媽媽給太郎錢」這句話，從中文語順來進行變化的話，就是把動作「給」移到句尾，就行啦！語順是，

主體は+間接對象に+直接對象を+動作。

語順 圖表記憶 喀擦一聲！把文法圖表照進記憶中！

1 中文語順 → 媽媽→給→太郎→錢。

2 中文變日文 → 媽媽は→太郎に→錢を→給します。
お母さん　太郎　お金　渡します。

3 日文語順 → お母(かあ)さんは　太郎(たろう)に　お金(かね)を　渡(わた)します。
媽媽給太郎錢。

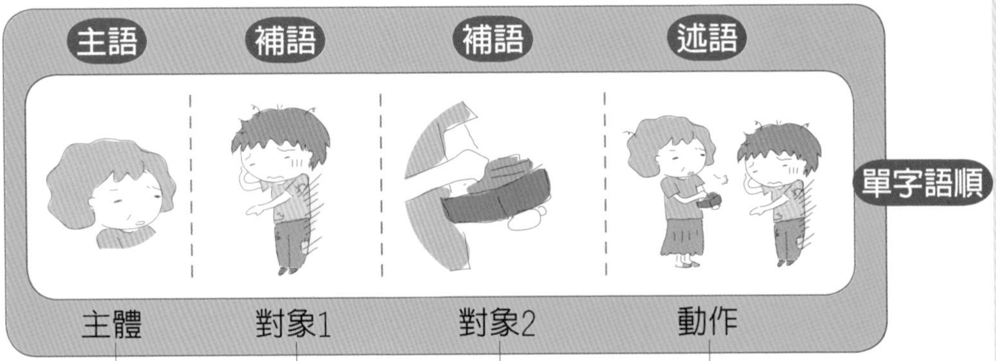

1 お母さんは　　　　お金を　渡します。媽媽給錢。

2 お母さんは　太郎に　お金を　渡します。媽媽給太郎錢。

看漫畫比比看

上面例句（1）只知道媽媽把錢遞了出去，不知道是給誰；例句（2）加入「太郎に」用助詞「に」來表示間接的對象，也就是給錢的對象，原來是「太郎」。

五段動詞

五段動詞活用變化如下：

	語幹	語尾
立（た）つ …………	立（た）	つ tsu
	↓	
	立（た）	ち chi
	↓	
	立（た）	ち+ます

把【u】變成【i】，然後再接【ます】就行啦！

○ 其他如：

① 読（よ）む→読（よ）みます
mu mi
閱讀

② 降（ふ）る→降（ふ）ります
ru ri
降下

③ 渡（わた）す→渡（わた）します
su shi
交給

○ 五段動詞活用

現在肯定	立（た）ちます	→ 学生（がくせい）は立（た）ちます。（學生站起來。）
現在否定	立（た）ちません	→ 学生（がくせい）は立（た）ちません。（學生不站起來。）
過去肯定	立（た）ちました	→ 学生（がくせい）は立（た）ちました。（<當時>學生站了起來。）
過去否定	立（た）ちませんでした	→ 学生（がくせい）は立（た）ちませんでした。（<當時>學生沒有站起來。）

上一段動詞

上一段動詞活用變化如下：

	語幹	語尾
落ちる …………	落ち	る ru
	↓	
	落ち	ます masu

把【る】變成
【ます】就行啦！

○ 其他如：

① 居る→居ます
~~ru~~ masu
在

② 見る→見ます
~~ru~~ masu
看

③ 過ぎる→過ぎます
~~ru~~ masu
經過

○ 上一段動詞活用

現在肯定 落ちます → ボールが落ちます。
（球掉下來。）

現在否定 落ちません → ボールが落ちません。
（球不掉下來。）

過去肯定 落ちました → ボールが落ちました。
（<當時>球掉了下來。）

過去否定 落ちませんでした → ボールが落ちませんでした。
（<當時>球沒有掉下來。）

下一段動詞

下一段動詞活用變化如下：

	語幹	語尾
寝(ね)る …………	寝(ね)	る ru
↓	寝(ね)	ます masu

把【る】變成【ます】就行啦！

○ 其他如：

① 受(う)ける→受(う)けます ~~ru~~ masu	② 教(おし)える→教(おし)えます ~~ru~~ masu	③ 覚(おぼ)える→覚(おぼ)えます ~~ru~~ masu
接受	教導	記住

○ 下一段動詞活用

現在肯定	寝(ね)ます	→	太郎(たろう)は寝(ね)ます。 （太郎睡覺。）
現在否定	寝(ね)ません	→	太郎(たろう)は寝(ね)ません。 （太郎不睡覺。）
過去肯定	寝(ね)ました	→	太郎(たろう)は寝(ね)ました。 （<當時>太郎睡覺了。）
過去否定	寝(ね)ませんでした	→	太郎(たろう)は寝(ね)ませんでした。 （<當時>太郎沒有睡覺。）

サ変動詞

サ変動詞活用變化如下：

	語幹	語尾
勉強(べんきょう)する…………	勉強(べんきょう)	する suru
	↓	
	勉強(べんきょう)	し shi
	↓	
	勉強(べんきょう)	し+ます

把【する】變成【し】，然後再接【ます】就行啦！

○ 其他如：

① 旅行(りょこう)する→旅行(りょこう)します
~~suru~~ shi
旅行

② 散歩(さんぽ)する→散歩(さんぽ)します
~~suru~~ shi
散步

③ 練習(れんしゅう)する→練習(れんしゅう)します
~~suru~~ shi
練習

○ サ変動詞活用

現在肯定 勉強(べんきょう)します → 花子(はなこ)は勉強(べんきょう)します。
（花子讀書。）

現在否定 勉強(べんきょう)しません → 花子(はなこ)は勉強(べんきょう)しません。
（花子不讀書。）

過去肯定 勉強(べんきょう)しました → 花子(はなこ)は勉強(べんきょう)しました。
（<當時>花子讀書了。）

過去否定 勉強(べんきょう)しませんでした → 花子(はなこ)は勉強(べんきょう)しませんでした。
（<當時>花子沒有讀書。）

カ変動詞

カ変動詞活用變化如下：

	語幹	語尾
来(く)る …………	来(く) ku	る ru
↓	来(き) ki	ます masu

把【く】變成【き】，把【る】變成【ます】就行啦！

○ 其他如：

① 走(はし)ってくる→走(はし)ってきます ~~kuru~~ ki	② 帰(かえ)ってくる→帰(かえ)ってきます ~~kuru~~ ki	③ 呼(よ)んでくる→呼(よ)んできます ~~kuru~~ ki
跑過來	回到家來	去叫來

○ カ変動詞活用

現在肯定	来(き)ます	→	バスが来(き)ます。（公車來。）
現在否定	来(き)ません	→	バスが来(き)ません。（公車不來。）
過去肯定	来(き)ました	→	バスが来(き)ました。（<當時>公車來了。）
過去否定	来(き)ませんでした	→	バスが来(き)ませんでした。（<當時>公車沒有來。）

家人的圖像

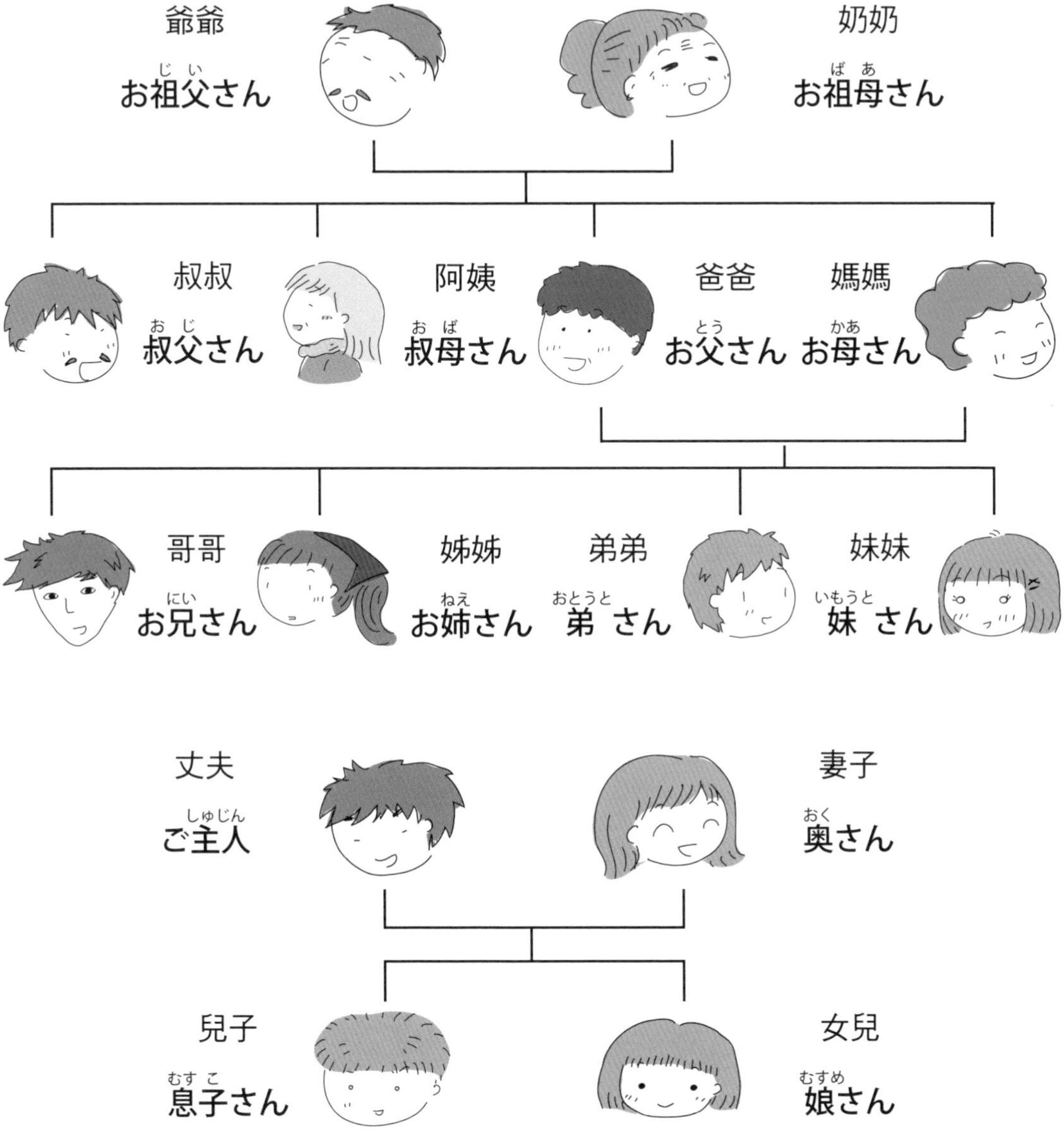
爺爺
じい
お祖父さん
奶奶
ばあ
お祖母さん
叔叔
おじ
叔父さん
阿姨
おば
叔母さん
爸爸
とう
お父さん
媽媽
かあ
お母さん
哥哥
にい
お兄さん
姊姊
ねえ
お姉さん
弟弟
おとうと
弟さん
妹妹
いもうと
妹さん
丈夫
しゅじん
ご主人
妻子
おく
奥さん
兒子
むすこ
息子さん
女兒
むすめ
娘さん

練習問題

1 照語順寫句子　依照下面的語順，改成一個完整的日文句子

1. 風 → 吹 → 了

風（かぜ）　吹（ふ）きます

____

2. 哥哥 → 她 → 和 → 約會 → 了

デートします

____

3. 蔬果店 → 花子 → 給 → 菜頭 → 賣 → 了

八百屋（やおや）　大根（だいこん）　売（う）ります

____

2 排排看　請把盒子裡的字，排成正確的句子

1. 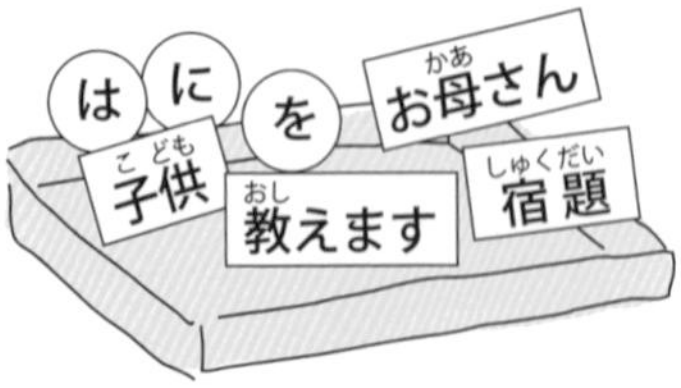

____

教（おし）えます＝教；宿題（しゅくだい）＝功課

2. 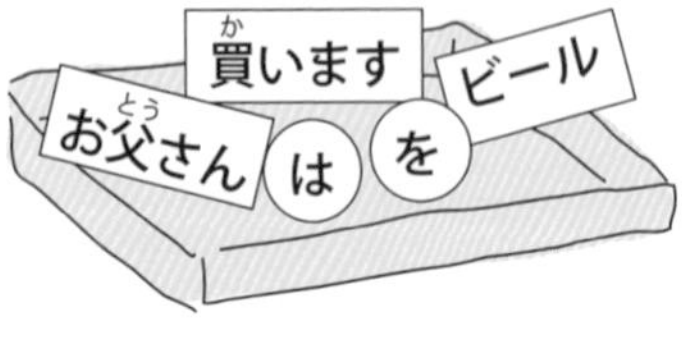

____

買（か）います＝購買；ビール＝啤酒

第二課 怎樣的

（一）主語+述語

T10

基本句「怎樣的」，又叫形容詞句。形容詞句的述語是形容詞，有「＿＿い」「＿＿だ」兩種。形容詞是說明客觀事物的性質、狀態或主觀感情、感覺的詞。而主語是用助詞「は」跟「が」來表示的。主語的助詞「は」用在表示一般的性質或狀態；「が」用在表示短時間的現象或狀態。

其中以「＿＿い」「＿＿しい」結束的叫形容詞；以「＿＿だ」結束的叫形容動詞。

日文的形容詞句的語順是「主語+述語」，這對我們而言比較好理解。例如，中文要說「風很涼」，就只要直接照著中文語順走就好了。當然主語的助詞「が」或「は」要記得接在主語的後面囉！語順是，

話題は／が+狀態。

語順 圖表記憶 喀擦一聲！把文法圖表照進記憶中！

1 中文語順 → **風→很涼爽。**

2 中文變日文 → **風が→很涼爽しいです。**
風　涼しいです。

3 日文語順 → 風（かぜ）が　涼（すず）しいです。
風很涼爽。

(1) が+形容詞

1 風（かぜ）が　　風。（助詞「が」一時的狀態）

2 涼（すず）しいです。　很涼爽。（述語語尾是「__い」）

3 風（かぜ）が　涼（すず）しいです。　風很涼爽。

「風が涼しいです。」（風很涼。）這一句話，是敘述「風」的形容詞句。首先，「風」是這個句子的主語，也是主題，主語助詞是「が」。對於風所進行的描述是後接的形容詞「涼しい」（涼爽）。最後是表示尊重的「です」。日語中後面接的「です」、「ます」，都是對對方表示尊敬的說法。

另外，日語單純的敘述「風が涼しいです」（風涼），為了翻譯上語意的通順而加上「很」字，成為「風很涼」。

(2) が＋形容動詞

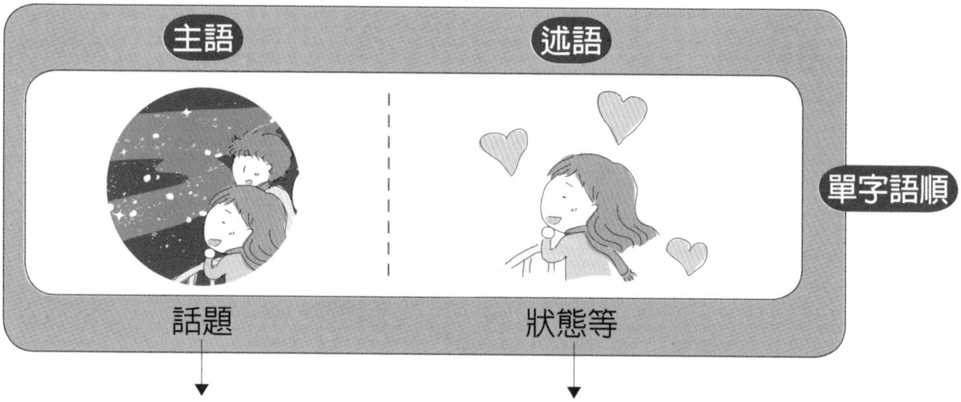

1	夜景（やけい）が	夜景。（助詞「が」一時的狀態）
2	きれいです。	很美麗。（述語語尾是「_だ（です）」）
3	夜景（やけい）が　きれいです。	夜景很美麗。

北海道的百萬夜景，真的值得一看的喔！這句話是根據「夜景」來進行描述的。主語是「夜景」，也是主題。主語助詞是「が」，對夜景所進行的描述是後接的形容動詞「きれいです」（美麗）。

這裡的「です」是「きれい」的語尾，是一體的，不能拆開的喔！這跟上面的「涼しいです」中表示尊重的「です」是不一樣的。「涼しい」的語尾是「い」跟「です」並不是一體的。我們看下面：

語幹	語尾
涼し	い
きれい	です（常體是「だ」）

區分「語幹」跟「語尾」的不同是很重要的喔！因為不論是要變成否定或過去式，會變化的都只有語尾，語幹是不會有變化的。

(3) は＋形容詞

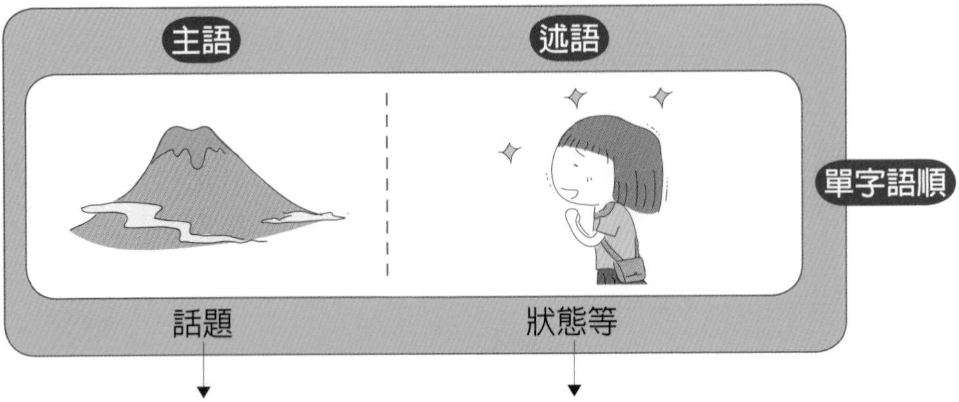

① 富士山（ふじさん）は		富士山。（助詞「は」一般的狀態）
②	美（うつく）しいです。	很美。（述語語尾是「＿い」）
③ 富士山（ふじさん）は	美（うつく）しいです。	富士山很美。

這句話，是描述「富士山」的形容詞句。首先，「富士山」是這個句子的主語，也是主題，主語助詞是「は」。對於富士山所進行的敘述是後接的形容詞「美しい」（美麗）。最後是表示尊敬的「です」。

「富士山は美しいです。」這句話的普通體是「富士山は美しい。」否定形是要在語尾的「い」進行變化，把「い」變成「く」，成為「美しくありません」，普通體的說法是「美しくない」。

(4) は＋形容動詞

1 携帯(けいたい)は　　　　手機。（助詞「は」一般的狀態）

2 便利(べんり)です。　　　　很方便。（述語語尾是「__だ（です）」）

3 携帯(けいたい)は　便利(べんり)です。　　　　手機很方便。

這句話是根據「手機」來進行敘述的。主語是「手機」，也是主題。主語助詞是「は」，對手機所進行的描述是後接的形容動詞「便利です」（方便）。

「携帯は便利です。」這句話的普通體是「携帯は便利だ。」否定形要在語尾的「だ」進行變化，把「だ」變成「で」，成為「便利ではありません」，普通體的說法是「便利ではない」。兩句中的「では」，都可以簡單說成口語用的「じゃ」。

「です」、「ます」形的鄭重體，表示對對方的尊敬；相對地，普通體的「だ」，是對晚輩、部屬或是平輩說的。

（二）有補語的

T11

形容詞句也會有補語的時候。例如「アパートはに近いです。」（公寓離車站很近。）這句中，述語「近い」的補語是「駅に」，表示說明主語「アパートは」是靠車站很近。

「公寓離車站很近。」這句話要變日文語順，就前面提過，形容詞句的語順比較接近中文語順，所以不會有大幅的移動，只要把「離」字移到車站後面就行啦！

中文的介詞「離」，表示兩點之間的距離，在這裡相當於日語的助詞「に」，而這句有補語的形容詞句，助詞是「に」。因此，就助詞一定接在補語後面的概念來看，「離」當然要在「車站」的後面啦！語順是，

主體は+關連內容に+狀態。

語順 圖表記憶 喀擦一聲！把文法圖表照進記憶中！

1 中文語順 → 公寓→離→車站→很近。

2 中文變日文 → 公寓は→車站→離（に）→很近いです。
アパート 駅 に 近いです。

3 日文語順 → アパートは 駅(えき)に 近(ちか)いです。
公寓離車站很近。

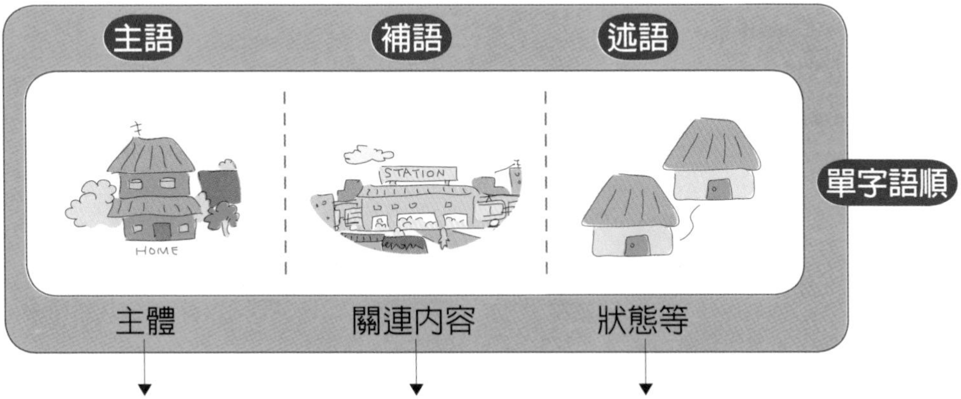

1 アパートは　近(ちか)いです。公寓很近。

2 アパートは　駅(えき)に　近(ちか)いです。公寓離車站很近。

看漫畫比比看

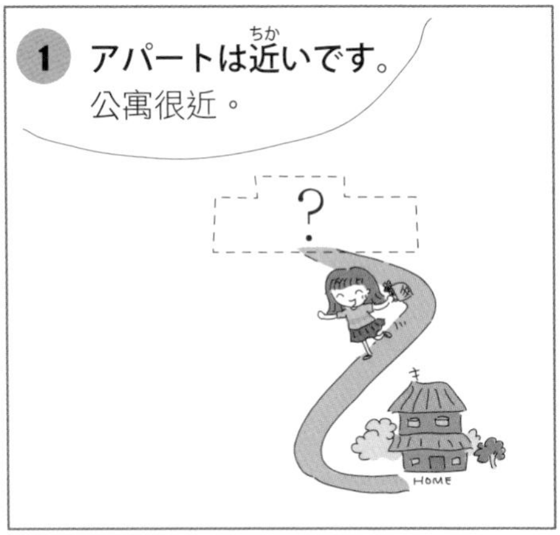

例句（1）只知道「公寓很近」，但是離什麼近呢？沒有明確說明；例句（2）很清楚地說出距離近的兩個點「公寓」跟「車站」。也就是公寓是「離車站很近」的啦！

形容詞

形容詞活用變化如下：

語幹	語尾
やさし	い

やさし

い	です
く	ありません
かっ	たです
く	ありませんでした

○ 形容詞活用

現在肯定	やさしいです	→ 問題はやさしいです。（問題很簡單。）
現在否定	やさしくありません	→ 問題はやさしくありません。（問題不簡單。）
過去肯定	やさしかったです	→ 問題はやさしかったです。（<當時>問題很簡單。）
過去否定	やさしくありませんでした	→ 問題はやさしくありませんでした。（<當時>問題不簡單。）

形容動詞

形容動詞活用變化如下：

語幹	語尾
きれい	だ

きれい

で	す
で	はありません
で	した
で	はありませんでした

○ 形容動詞活用

現在肯定	きれいです	→ 花(はな)はきれいです。（花很漂亮。）
現在否定	きれいではありません	→ 花(はな)はきれいではありません。（花不漂亮。）
過去肯定	きれいでした	→ 花(はな)はきれいでした。（<當時>花很漂亮。）
過去否定	きれいではありませんでした	→ 花(はな)はきれいではありませんでした。（<當時>花不漂亮。）

練習問題

1 排排看　請把盒子裡的字，排成正確的句子

1. 

遠(とお)いです＝很遠；学校(がっこう)＝學校；家(いえ)＝家

2. 

歴史(れきし)＝歴史；詳(くわ)しいです＝很瞭解

2 翻譯練習　請把中文句子翻譯成為日文

1.海很藍。(用助詞「が」)　　海＝海(うみ)；藍＝青(あお)い

2.汽車很方便。(用助詞「が」)　　汽車＝車(くるま)；方便＝便利(べんり)

3.山很漂亮。(用助詞「が」)　　山＝山(やま)；很漂亮＝きれい

第三課 什麼的

T12

基本文的「什麼的」語順是「主語+述語」。它是沒有補語的，而主語的助詞也只有「は」而已。也就是「～は～です」這樣的名詞句。

例如，「太郎は学生です。」（太郎是學生。）這裡的「太郎」是主語，也就是主題。助詞的「は」是來告訴你，太郎是主題喔！當然，原則上主語是要放在句首的啦！述語是「学生」，最後加上「です」，就把兩者劃上等號了。

「太郎是學生。」這句話的日語語順，就把「是」往後移就可以啦！這裡的「是」相當於日語的「です」，普通體是「だ」喔。

主語は+述語です

語順 圖表記憶！ 喀擦一聲！把文法圖表照進記憶中！

1 中文語順

太郎→是→學生。

2 中文變日文

太郎は→學生→是（です）。

太郎　学生　です。

3 日文語順

太郎（たろう）は　学生（がくせい）です。

太郎是學生。

（一）主語是名詞

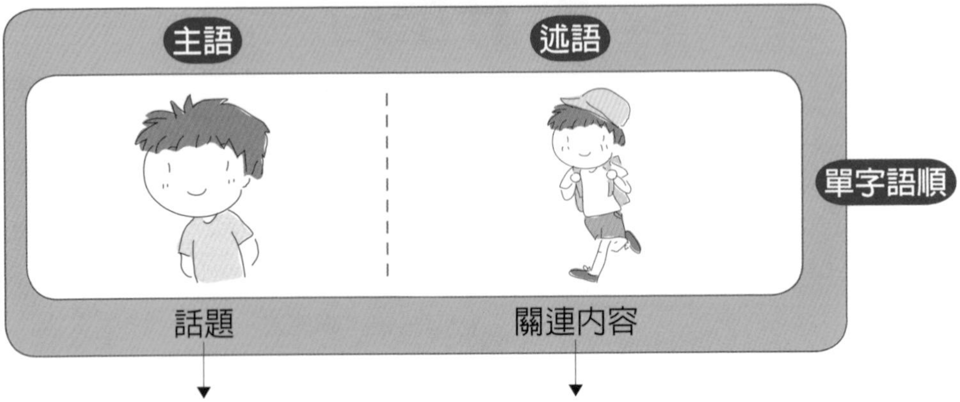

1 太郎(たろう)は。		太郎。（主語的助詞只有「は」）
2 太郎(たろう)は	学生(がくせい)です。	太郎是學生。

主題是「太郎」，述語是「学生」，但光是這樣還不夠，必須要加入「です」（是）才能把兩者劃上等號，說明「太郎是學生。」這件事。有些人很容易把「は」譯成「是」，這是不對的喔！

「太郎」是人的名字，「郎」是表示男性的接尾詞，在日本長子叫這個名字的還不少。

（二）主語是事物指示詞

T13

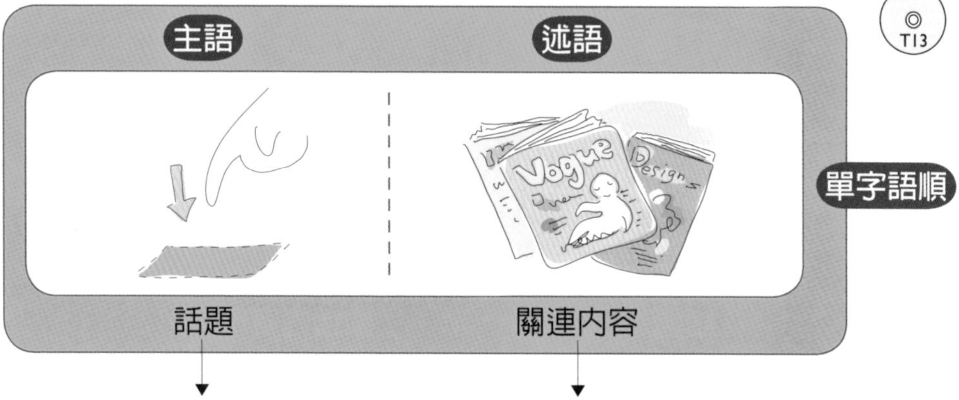

1　これは。　這。（主語的助詞只有「は」）

2　これは　<ruby>雑誌</ruby>（ざっし）です。　這是雜誌。

上面的例句也是「～は～です」的名詞句。因此，「這是雜誌。」的日文語順也是把「是」往後移就行啦！語順是，

これは+述語です。

「これ（この）、それ（その）、あれ（あの）、どれ（どの）」是一組指示代名詞。「これ」（這個）指離說話者近的事物。「それ」（那個）指離聽話者近的事物。「あれ」（那個）指說話者、聽話者範圍以外的事物。「どれ」（哪個）表示事物的不確定和疑問。用圖表示，如下：

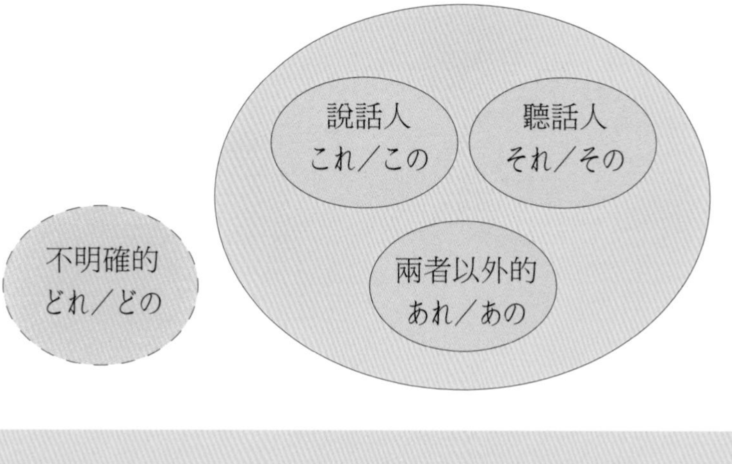

（三）主語是場所指示詞

T14

1 ここは。　　這裡。（主語的助詞只有「は」）

2 ここは　東京(とうきょう)です。　　這裡是東京。

這個例句也是「～は～です」的名詞句。所以，「這是東京。」的日文語順也是把「是」往後移就行啦！語順是，

これは+述語です。

「ここ、そこ、あそこ、どこ」是一組場所指示代名詞。「ここ」（這裡）指離說話者近的場所。「そこ」（那裡）指離聽話者近的場所。「あそこ」（那裡）指離說話者和聽話者都遠的場所。「どこ」（哪裡）表示場所的疑問和不確定。

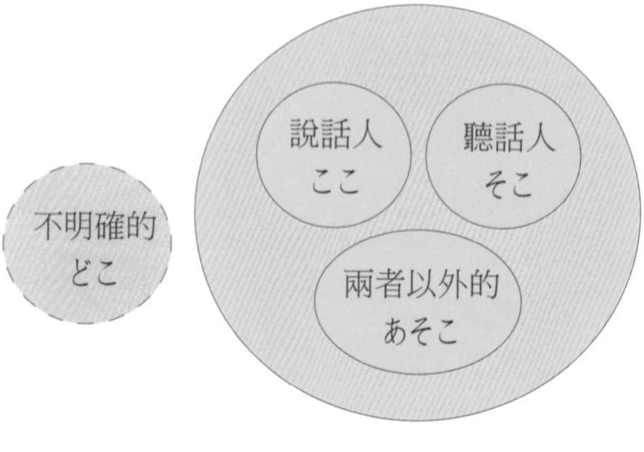

名詞

名詞活用變化如下：

語幹	語尾	
学生（がくせい）	だ	
	で	す
	で	はありません
	で	した
	で	はありませんでした

学生（がくせい）

○ 名詞活用

現在肯定	学生（がくせい）です	→ 太郎（たろう）は学生（がくせい）です。 （太郎是學生。）
現在否定	学生（がくせい）ではありません	→ 太郎（たろう）は学生（がくせい）ではありません。 （太郎不是學生。）
過去肯定	学生（がくせい）でした	→ 太郎（たろう）は学生（がくせい）でした。 （<當時>太郎是學生。）
過去否定	学生（がくせい）ではありませんでした	→ 太郎（たろう）は学生（がくせい）ではありませんでした。 （<當時>太郎不是學生。）

練習問題

1 照語順寫句子 依照下面的語順，改成一個完整的日文句子

1.這裡 → 百貨公司 → 是
　　　　デパート

2.這 → 蘋果 → 是
　　　りんご

3.那 → 我的 → 筆記本 → 是。
　　　私（わたし）の　ノート

2 排排看 請把盒子裡的字，排成正確的句子

1. 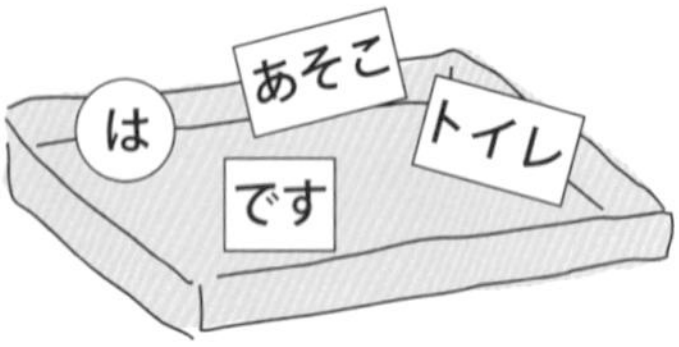

あそこ＝那裡；トイレ＝廁所

2. 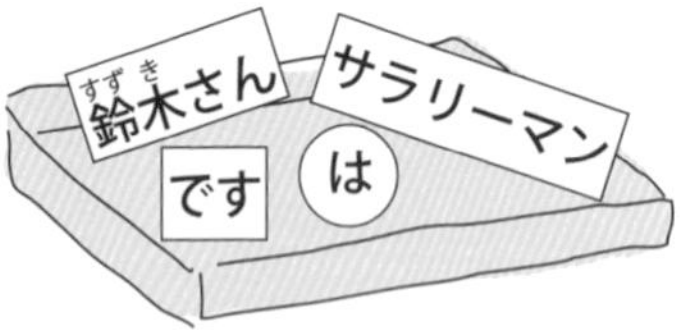

鈴木（すずき）さん＝鈴木先生／小姐；
サラリーマン＝上班族

3 翻譯練習 請把中文句子翻譯成為日文

1.爸爸是社長。　社長＝社長（しゃちょう）

2.這是錢包。　錢包＝財布（さいふ）

第一課 行為的對象

T15

（一）行為的對象

到日本旅遊時，散步、喝茶、逛雜貨店，從細微的地方，處處可以發現到日本的美學喔！

用「＿＿を」這一形式有補語的動詞，就叫他動詞。他動詞文的語順是「主詞+補語+述語」。補語一般是在述語的前面喔！

如：「彼女は紅茶を飲みます。」這一句，助詞「を」用在他動詞的前面，表示動作的對象。「を」前面的名詞，是動所涉及的對象。他動詞就是有一個「他」做了某動作，而使某物有了變化的動詞。

「她喝紅茶」這句話的日語語順，當然是將動作「喝」移到句尾。然後，助詞各自發揮輔助作用，主詞用「は」，補語用「を」表示。語順是，

主體は+對象を+動作（他動詞）。

語順 圖表記憶 喀擦一聲！把文法圖表照進記憶中！

1 中文語順
她→喝→紅茶。

2 中文變日文
她は→紅茶を→喝みます。
彼女　紅茶　飲みます。

3 日文語順
彼女（かのじょ）は　紅茶（こうちゃ）を　飲（の）みます。
她喝紅茶。

1 彼女(かのじょ)は 飲(の)みます。她喝。

2 彼女(かのじょ)は 紅茶(こうちゃ)を 飲(の)みます。她喝紅茶。

表示人或事物的存在、動作、行為和作用的詞叫動詞。動詞的「飲みます」是現在肯定的鄭重體，這一形式又叫「ます」形。

看漫畫比比看

例句（1）知道女孩在喝東西，但不知道喝什麼；例句（2）很清楚女孩喝的是「を」前面的「紅茶」。

（二）經過的場所

T16

上一單元說過，用「____を」這一形式，有補語的動詞就叫做他動詞。但是，也有例外，例如：「橋を渡ります。」（過橋。）、「空を飛びます。」（飛過天空。）其中表示通過場所的「渡ります」，還有表示移動的「飛びます」就不是他動詞，而是自動詞。因為「橋」跟「空」不是動作的對象，而是動作經過的場所，要注意喔！

「車子過橋。」這句話的日語語順，您應該很清楚，就是把自動詞「過」往後移就行啦！語順是，

主體は+經過場所を+動作（自動詞）。

語順 圖表記憶 ！ 喀擦一聲！把文法圖表照進記憶中！

1 中文語順

車子→過→橋。

2 中文變日文

車子が→橋を→過ります。

車　橋　渡ります。

3 日文語順

車（くるま）が　橋（はし）を　渡（わた）ります。

車子過橋。

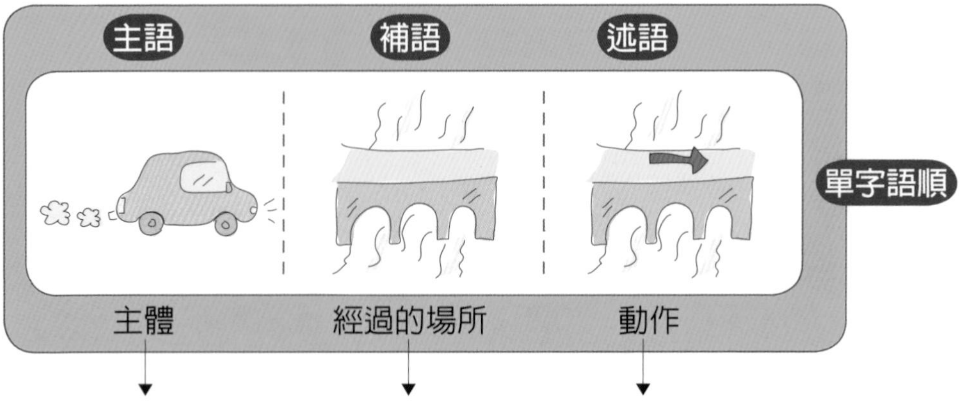

1 車（くるま）が　　　　渡（わた）ります。 車子過。

2 車（くるま）が　橋（はし）を　渡（わた）ります。 車子過橋。

車子經過的地方是橋，所以用助詞「を」表示。這裡的「を」有經過的痕跡的意思。

看漫畫比比看

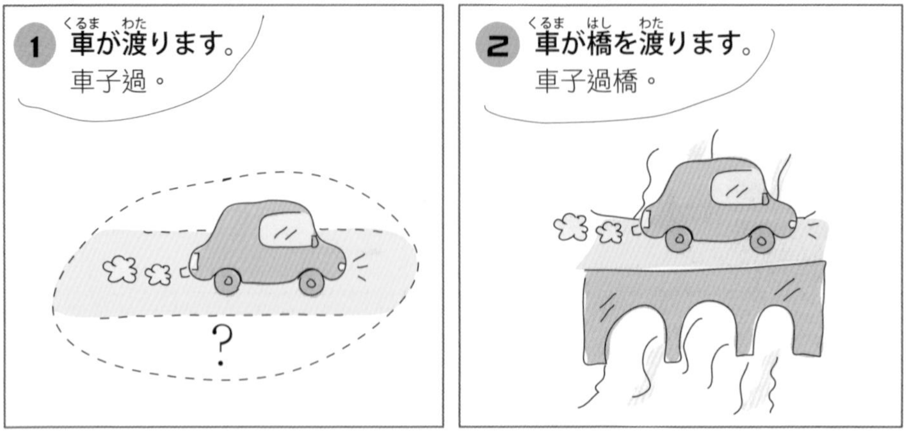

例句（1）只知道車子經過了，但不知道經過哪裡；例句（2）很明確的知道車子經過的是橋。

（三）主語的位子

T17

上面的單元說過了，決定句子中誰是主語，誰是補語，就看助詞啦！那麼，助詞有多重要。

我們來看這個句子「太郎がボールを追いかけます。」（太郎追球。）如果把助詞「が」跟「を」互調一下，意思會怎麼變化呢？我們來看「太郎をボールが追いかけます。」（球追太郎。）意思是不是整個都反了？

「太郎追球。」這句話的日語語順就是把動詞「追」移到句尾，然後主語助詞用「が」，補語助詞用「を」就行啦！語順是，

主體が+對象を+動作。

語順 圖表記憶！ 喀擦一聲！把文法圖表照進記憶中！

1 中文語順 → 太郎→追→球。

2 中文變日文 → 太郎が→球を→追いかけます。
太郎　ボール　追いかけます。

3 日文語順 → 太郎（たろう）が　ボールを　追（お）いかけます。
太郎追球。

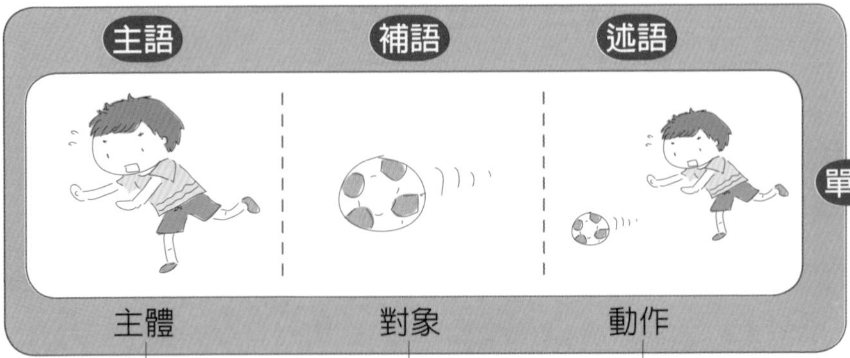

單字語順

1 太郎(たろう)が　ボールを　追(お)いかけます。太郎追球。

2 太郎(たろう)を　ボールが　追(お)いかけます。球追太郎。

從這裡，我們又知道，助詞「が、を」除了輔佐前面的主人以外，也表示了「太郎」跟「ボール」之間的關係。「が」表示主語，追逐的一方，「を」表示補語，被追的一方。從助詞來判斷關係，這也是日語很方便的地方囉！

看漫畫比比看

1 太郎(たろう)がボールを追(お)いかけます。
太郎追球。

2 太郎(たろう)をボールが追(お)いかけます。
球追太郎。

例句（1）追逐的一方是助詞「が」前面的「太郎」，被追的是助詞「を」前面的「球」；相對地，例句（2）追逐的一方是助詞「が」前面的「球」，被追的是助詞「を」前面的「太郎」。

練習問題

1 照語順寫句子　依照下面的語順，改成一個完整的日文句子

1. 公車 → 醫院 → 經過

バス　病院(びょういん)　通(とお)ります

____

2. 叔叔 → 煙 → 抽

タバコ　吸(す)います

____

3. 弟弟 → 臉 → 洗

顔(かお)　洗(あら)います

____

2 排排看　請把盒子裡的字，排成正確的句子

1. 

____

散歩(さんぽ)します＝散步；公園(こうえん)＝公園

2. 

____

ねずみ＝老鼠；追(お)います＝追；猫(ねこ)＝貓

第二課 行為的對手、目標 (一)一個補語

◎ T18

日本人結婚儀式有教會式、佛教式、神社式、還有神前式等等，日本人對異文化接受度之高，可見一斑了。其中，神社式的婚禮上男女雙方需經過339次交杯酒，來盟誓相愛一生，白頭偕老呢！

跟花子結婚，日文是「花子と結婚します」，述語動詞「結婚します」，前面要接的是補語（結婚的對象）「花子」，補語助詞要用「と」。

所以「太郎跟花子結婚。」的日語語順是將介詞「跟」移到「花子」的後面。

中文的介詞「跟」，在這裡相當於日語助詞「と」，而這句有補語的動詞句，助詞是「と」。助詞要接在補語後面，所以「跟」當然要在「花子」的後面啦！語順是，

主體は+對手と+動作。

語順 圖表記憶 喀擦一聲！把文法圖表照進記憶中！

1 中文語順

太郎→(跟)→花子→結婚。

2 中文變日文

太郎は→花子→跟(と)→結婚します。

太郎　花子　と　結婚します。

3 日文語順

太郎（たろう）は　花子（はなこ）と　結婚（けっこん）します。

太郎跟花子結婚。

1 太郎（たろう）は 結婚（けっこん）します。太郎結婚。

2 太郎（たろう）は 花子（はなこ）と 結婚（けっこん）します。太郎跟花子結婚。

「と」（跟）前面接對象，表示跟這個對象互相進行某動作，例如：結婚、吵架或偶然在哪裡碰面等，必須有對象才能進行的動作。

看漫畫比比看

例句（1）只提到太郎要結婚了，卻沒有提到要和誰結婚；例句（2）看前面是花子，就清楚知道太郎的結婚對象是花子啦！

（二）兩個補語

T19

結婚戒指，是一個很特別的珠寶，因為它代表的是一生的回憶，一旦戴上了就要負起對彼此的信任跟誓言喔！

有些動詞述語只有一個補語，有些就有兩個補語。例如「我送了某物給某人」，「某人」是間接補語，在前面；「某物」是直接補語，就要在後面。

因此，「我送了戒指給她」的日語語順是將動詞「送了」先移到句尾，表示物的直接補語「戒指」移到動詞前，表示人的「她」要在「戒指」之前，介詞「給」要接在「她」的後面。語順是，

主體は+間接對象（人）に+直接對象（物）を+動作。

語順 圖表記憶 喀擦一聲！把文法圖表照進記憶中！

1 中文語順 我→送→了→戒指→給→她。

2 中文變日文 我は→她→給（に）→戒指を→送り→了（ました）。
僕　彼女に　指輪　贈り　ました。

3 日文語順 僕（ぼく）は　彼女（かのじょ）に　指輪（ゆびわ）を　贈（おく）りました。
我送了戒指給她。

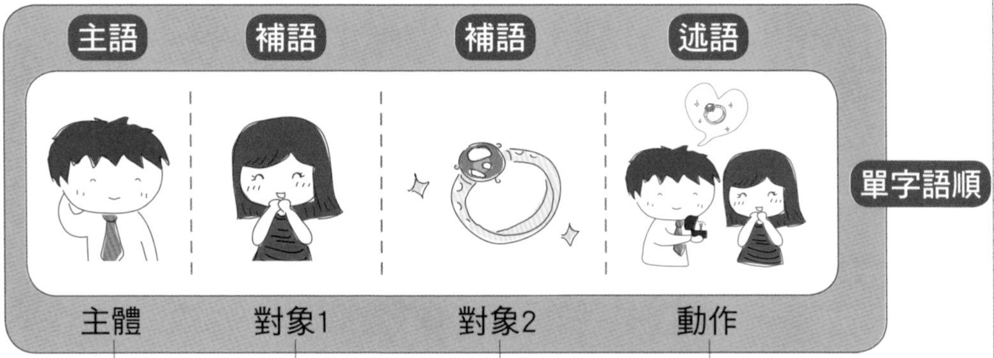

1 僕(ぼく)は　贈(おく)りました。我送了。

2 僕(ぼく)は　指輪(ゆびわ)を　贈(おく)りました。我送了戒指。

3 僕(ぼく)は　彼女(かのじょ)に　指輪(ゆびわ)を　贈(おく)りました。我送了戒指給她。

我們來比較一下，助詞「に」（給）是指單一方給另一方的動作；助詞「と」（跟）是指結婚啦！吵架啦！一個人沒辦法做的雙方相互的動作。

看漫畫比比看

例句（1）只提到「我送了」，但不知道送什麼禮物；例句（2）加入一個補語，直接對象的「指輪」，知道動詞述語「送」的對象是「指輪」，就知道男性送出的是戒指；例句（3）再加入第二個補語，間接對象的「她」，更清楚知道「送戒指」這個動作，是要給「她」的。

練習問題

1 照語順寫句子　依照下面的語順，改成一個完整的日文句子

1.他 → 教授 → 跟 → 見面

教授（きょうじゅ）　会（あ）います

____

2.我們 → 他 → 給 → 禮物 → 送 → 了

私（わたし）たち　プレゼント　あげます

____

3.我 → 她 → 給 → 電子郵件 → 寄 → 了

メール　送（おく）ります

____

2 排排看　請把盒子裡的字，排成正確的句子

1.

____

先生（せんせい）＝老師；相談（そうだん）します＝商量

2. 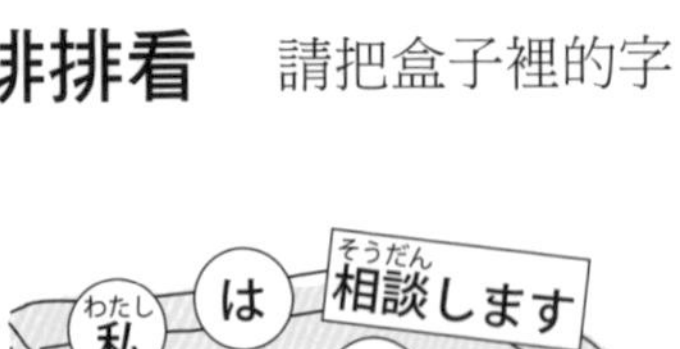

____

友人（ゆうじん）＝朋友；本（ほん）＝書；
貸（か）しました＝借（給）了

第三課 行為的場所、方向及目的

(一) 場所及方向

T20

行為的目標之外，還有一個很重要的是，行為所在的場所。行為所在的場所，位置要在述語的前面。

但是，說是行為所在的場所，但兩者到底是什麼關係，行為到達的場所呢？出發點呢？還是方向？也就是需要有「在、往」這樣的記號，表示行為的補語助詞了。這一單元先介紹「に」（到）、「へ」（往）這兩個助詞。

「我到公園。」語順是，把動詞述語的「到」移到句尾，然後補語的到達場所「公園」以助詞「に」來表示。語順是，

主體は+場所に+動作。

語順 圖表記憶 喀擦一聲！把文法圖表照進記憶中！

1 中文語順

我→到→公園。

2 中文變日文

我は→公園に→到きます。
私　公園　行きます。

3 日文語順

私（わたし）は　公園（こうえん）に　行（い）きます。
我到公園。

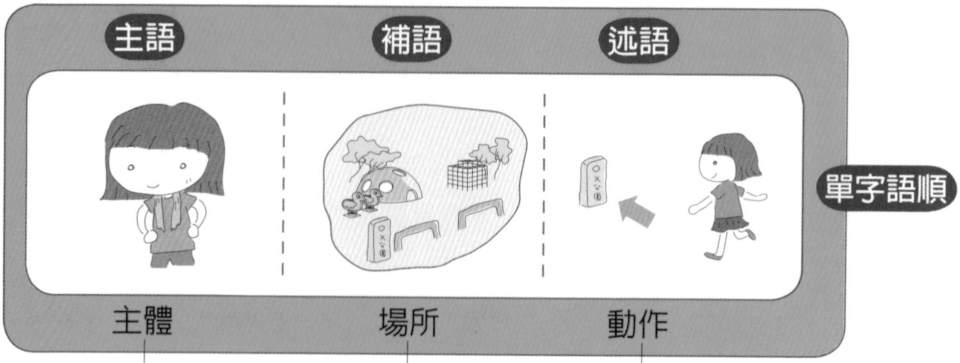

1 私（わたし）は　公園（こうえん）に　行（い）きます。我到公園。

2 私（わたし）は　公園（こうえん）へ　走（はし）ります。我往公園跑。

「に」（到）表示動作移動的到達點；「へ」（往）表示動作、行為的方向。同時也指行為的目的地。

「に」強調到達的場所，「へ」強調動作的方向。但現在兩者的差別越來越不明確了。

看漫畫比比看

例句（1）補語助詞用「に」，強調動作到達的場所是「公園」。（2）補語助詞用「へ」強調動作的方向是往「公園」。

（二）目的

T21

自助旅行到京都玩，有時候坐錯車，反而會讓人更加興奮，因為可以欣賞到旅遊書，沒有介紹的地方，那種地方常常會有讓人意想不到的好玩。

要說「我去京都玩。」像這樣一個句子裡，同時要表現動作的方向（京都）跟目的（玩），就用「…は…へ…に」這樣的句型。語順是「主體は+方向へ+目的に+動作」。

方向跟目的都是動作的補語，所以這個句子也是有兩個補語的句子。

「我去京都玩。」日語語順是，把動詞「去」往句尾移，至於方向的「京都」跟目的的「玩」位置都不變。簡單吧！

主體は+方向へ+目的に+動作。

語順 圖表記憶！ 喀擦一聲！把文法圖表照進記憶中！

1 中文語順 我→去→京都→玩。

2 中文變日文 我は→京都へ→玩に→去きます。
私　京都　遊び　行きます。

3 日文語順 私（わたし）は　京都（きょうと）へ　遊（あそ）びに　行（い）きます。
我去京都玩。

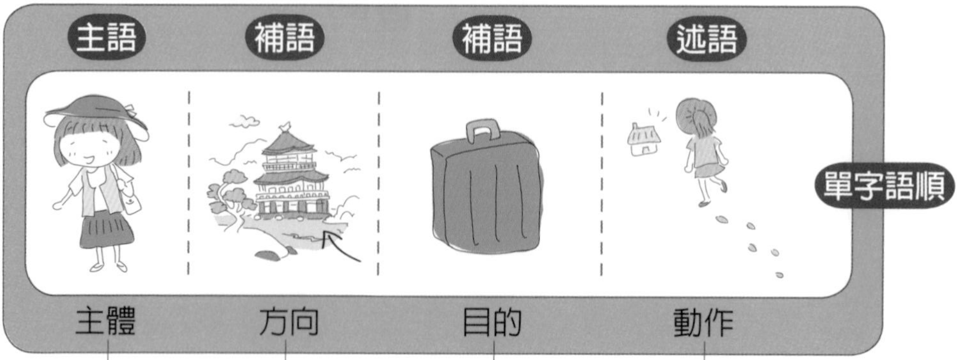

1 私(わたし)は　　行(い)きます。我去。

2 私(わたし)は　　遊(あそ)びに　行(い)きます。我去玩。

3 私(わたし)は　京都(きょうと)へ　遊(あそ)びに　行(い)きます。我去京都玩。

補語助詞「へ」表示移動的場所用，補語助詞「に」表示移動的目的。「に」的前面要用動詞「ます」形，也就是把「ます」拿掉。例如「遊びます」，就變成「遊び」。

看漫畫比比看

1 私(わたし)は遊(あそ)びに行(い)きます。
我去玩。

2 私(わたし)は京都(きょうと)へ遊(あそ)びに行(い)きます。
我去京都玩。

例句（1）不知道到哪裡玩；例句（2）看表示移動的場所「へ」的前面，清楚地知道，是到京都玩。

練習問題

1 照語順寫句子 依照下面的語順，改成一個完整的日文句子

1. 我 → 學校 → 到

　學校：学校（がっこう）

____

2. 弟弟 → 海邊 → 游泳 → 去

　海邊：海（うみ）　游泳：泳（およ）ぎます

____

3. 山下先生 → 蔬果店 → 買東西 → 去

　山下先生：山下（やました）さん　蔬果店：八百屋（やおや）　買東西：買（か）い物（もの）

____

2 排排看 請把盒子裡的字，排成正確的句子

1. 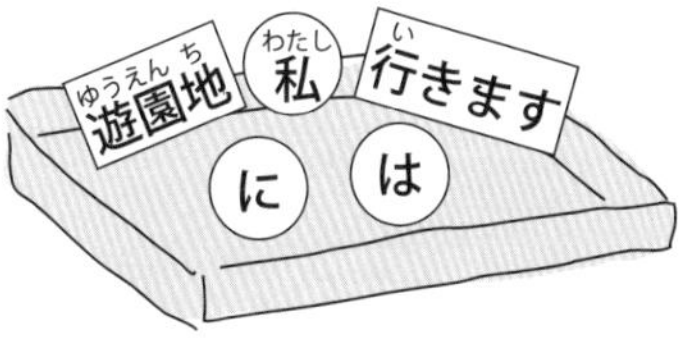

____

遊園地（ゆうえんち）＝遊樂園

2. 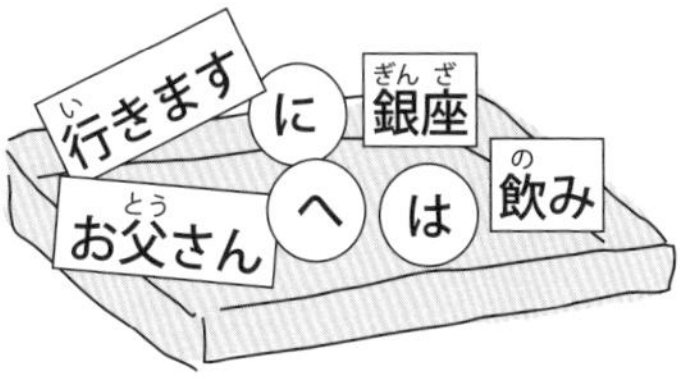

____

銀座（ぎんざ）＝銀座；飲（の）み＝由「飲（の）む」的ます形拿掉「ます」變化而來，這裡指喝酒

第四課 人與物的存在
（一）無生命的存在

◎T22

到日本玩常要問到「廁所在哪裡」的問題！說到廁所，就想到馬桶，日本使用那種上完廁所，就會噴出溫水的免治馬桶，可是越來越多了！免治馬桶不僅乾淨，還有那種「窩心」的感覺，很多人一用就上癮，還超念念不忘的。

好了！回到主題啦！日語中某物存在某處的句子，叫做存在句。語順也是基本句的「主語+補語+述語」。表示存在的述語動詞用「ある（あります）」（有、在），動詞的補語，也就是存在物用助詞「が」，存在處用助詞「に」來表示。

因此，「這裡有廁所。」日語語順只要把存在動詞「有」移到句尾，句子就出來啦！存在句的語順是：

存在處に+物が+存在動詞(無生命)。

語順 圖表記憶 喀擦一聲！把文法圖表照進記憶中！

1 中文語順
這裡→有→廁所。

2 中文變日文
這裡に→廁所が→有ります。
ここ　トイレ　あります。

3 日文語順
ここに　トイレが　あります。
這裡有廁所。

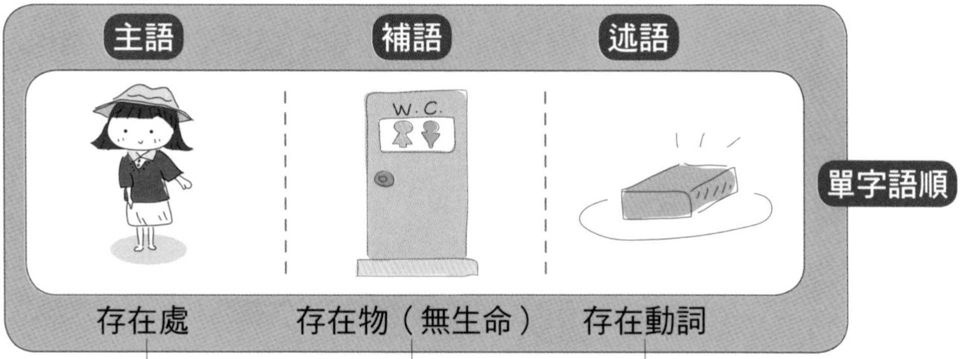

1 ここに　　　　　　あります。這裡有。

2 ここに　トイレが　あります。這裡有廁所。

表示某處存在某物，除了用「場所に＋物が＋あります」之外，還有「物は＋場所に＋あります」這樣的句型。

看漫畫比比看

例句（1）只提到「這裡有」，但不知道有什麼；例句（2）明確地在存在動詞前面，加入存在物「廁所」，知道這裡有的是廁所了。

（二）有生命的存在

◎ T23

日本不僅文字是由中國傳入，聞名世界的園林藝術也是從中國傳入的。受到禪宗文化和北宋畫的影響，使得日本的庭院不僅比中國更好地保存著小家碧玉的園林文化，更顯示出高度的藝術性。

「他在那裡」、「庭院裡有蛇」等等，表示「某人或動物存在某處」要怎麼說呢？

上一單元提到的存在句是「某物存在某處」，至於「某人存在某處」呢？凡事總愛分得清清楚楚的日本人，把存在動詞，分成無生命物的「あります（ある）」（有、在），跟有生命物的「います（いる）」（有、在）來表示。

因此「某人存在某處」的存在句，只要把動詞改成「います」，當然存在物一定是有生命物啦！這也是用助詞「が」，存在處也是用助詞「に」來表示。

要說「他在那裡。」日語語順只要把存在處「那裡」移到句首，就是啦！語順是：

存在處に+人が+存在動詞（有生命）。

語順 圖表記憶 喀擦一聲！把文法圖表照進記憶中！

1 中文語順

他→在→那裡。

2 中文變日文

那裡に→他が→在ます。
そこ　彼　います。

3 日文語順

そこに　彼（かれ）が　います。
他在那裡。

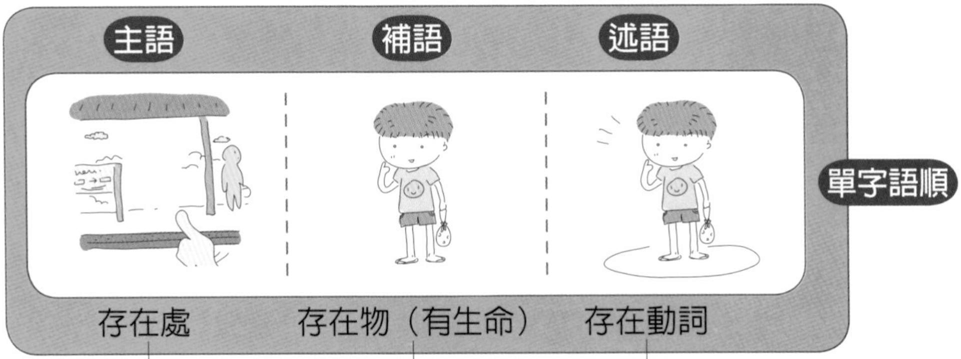

1 そこに　彼（かれ）が　います。他在那裡。

2 庭（にわ）に　蛇（へび）が　います。院子有蛇。

表示某處存在某人，有生命事物的存在場所，除了用「場所に＋人が＋います」之外，還有「人は＋場所に＋います」這樣的句型。

看漫畫比比看

例句（1）存在的是有生命物的「人」，存在動詞當然是「います」；例句（2）存在的是「蛇」，既然是有生命物，所以貓、狗、蛇、蟲…等也都要用「います」囉！

（三）所有

◎ T24

最近，１萬日圓以下的普通照相機，幾乎沒有辦法在東京秋葉原找到Made In Japan的。可見，日本人購物的優先指標是便宜，品質又還不錯，而不一定要日本製的了。

無生命物的存在動詞「あります（ある）」（有、在），不只是「存在」的意思，也有「所有」之意。句型是：「人は+物が+あります」。首先，「は」前面的主語不是場所名詞，而是所有者。「が」前面是補語的所有物，述語「あります」表示所有。

因此，「我有照相機」的日語語順，很單純！就是將動詞「有」往句尾移就行啦！語順是：

所有人は+所有物が+所有動詞。

語順 圖表記憶 喀擦一聲！把文法圖表照進記憶中！

1 中文語順

我→有→照相機。

2 中文變日文

我は→照相機が→有ります。
私　カメラ　あります。

3 日文語順

私（わたし）は　カメラが　あります。
我有照相機。

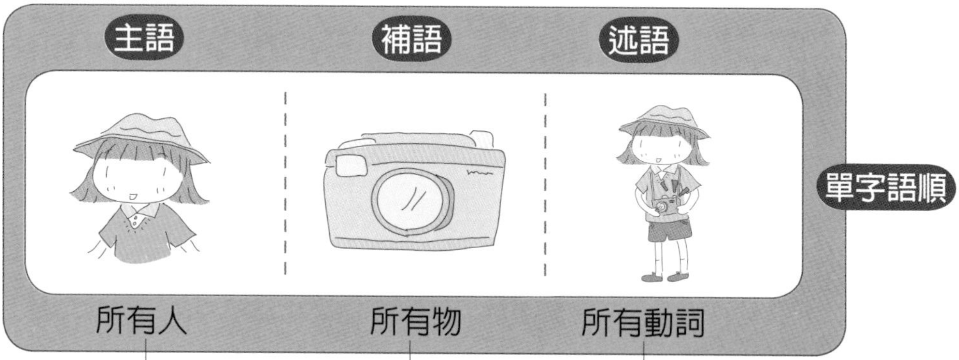

1 私（わたし）は　　　　ありります。我有。

2 私（わたし）は　カメラが　あります。我有照相機。

看到「あります」就想到「います（いる）」。表示所有的是有生命物時，也可以用「います（いる）」。例如：「花子は弟がいます。」（花子有弟弟。）

看漫畫比比看

例句（1）用所有動詞「あります」，表示「我擁有」之意，但不知道擁有什麼；例句（2）句中加入了所有物「カメラ」，並用助詞「が」表示，知道擁有的是「照相機」。

練習問題

1 照語順寫句子　依照下面的語順，改成一個完整的日文句子

1. 教室 → 學生 → 有

教室（きょうしつ）　生徒（せいと）

2. 男孩子 → 手機 → 有

男の子（おとこのこ）　ケータイ

2 排排看　請把盒子裡的字，排成正確的句子

1. 

病院（びょういん）＝醫院；医者（いしゃ）＝醫生

2. 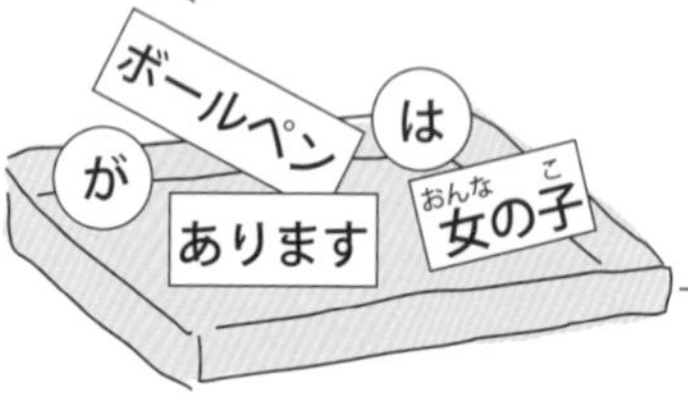

女の子（おんなのこ）＝女孩子；ボールペン＝原子筆

3 翻譯練習　請把中文句子翻譯成為日文

1. 那裡有冰箱。　冰箱＝冷蔵庫（れいぞうこ）

2. 家裡有狗。　狗＝犬（いぬ）

第五課 行為的出發點、方向、到達點

◎T25

要從家裡出門啦！往山上去啦！到了山上啦！也就是行為跟場所之間的關係，需要有介詞「從、往、到」在中間穿針引線的。這些介詞相當於日語的助詞「を、から、へ、に」。

「を、から」（從）、「へ」（往）「に」（到）等助詞要放在場所的後面，來表示句中的補語，以補充說明後面的行為（述語）。

要說「太郎從家裡出來。」日語語順是，將相當於助詞的「從」移到「家裡」的後面就行了。

主體は+出發點を等+動作。

語順 圖表記憶！ 喀擦一聲！把文法圖表照進記憶中！

1 中文語順 太郎→從→家裡→出來。

2 中文變日文 太郎は→家裡→從を（から）→出來ます。
太郎　家　を（から）　出ます。

3 日文語順 太郎（たろう）は　家（いえ）を（から）　出（で）ます。
太郎從家裡出來。

1 太郎は　家を（から）　出ます。　太郎從家裡出來。

2 太郎は　山へ　行きます。　太郎往山上去。

3 太郎は　山に　着きます。　太郎到達山上。

看漫畫比比看

例句（1）的「を（から）」重點在「離開」；例句（2）的「へ」重點在「動作的方向」；例句（3）「に」重點在「動作的目的地」。

助詞的圖像

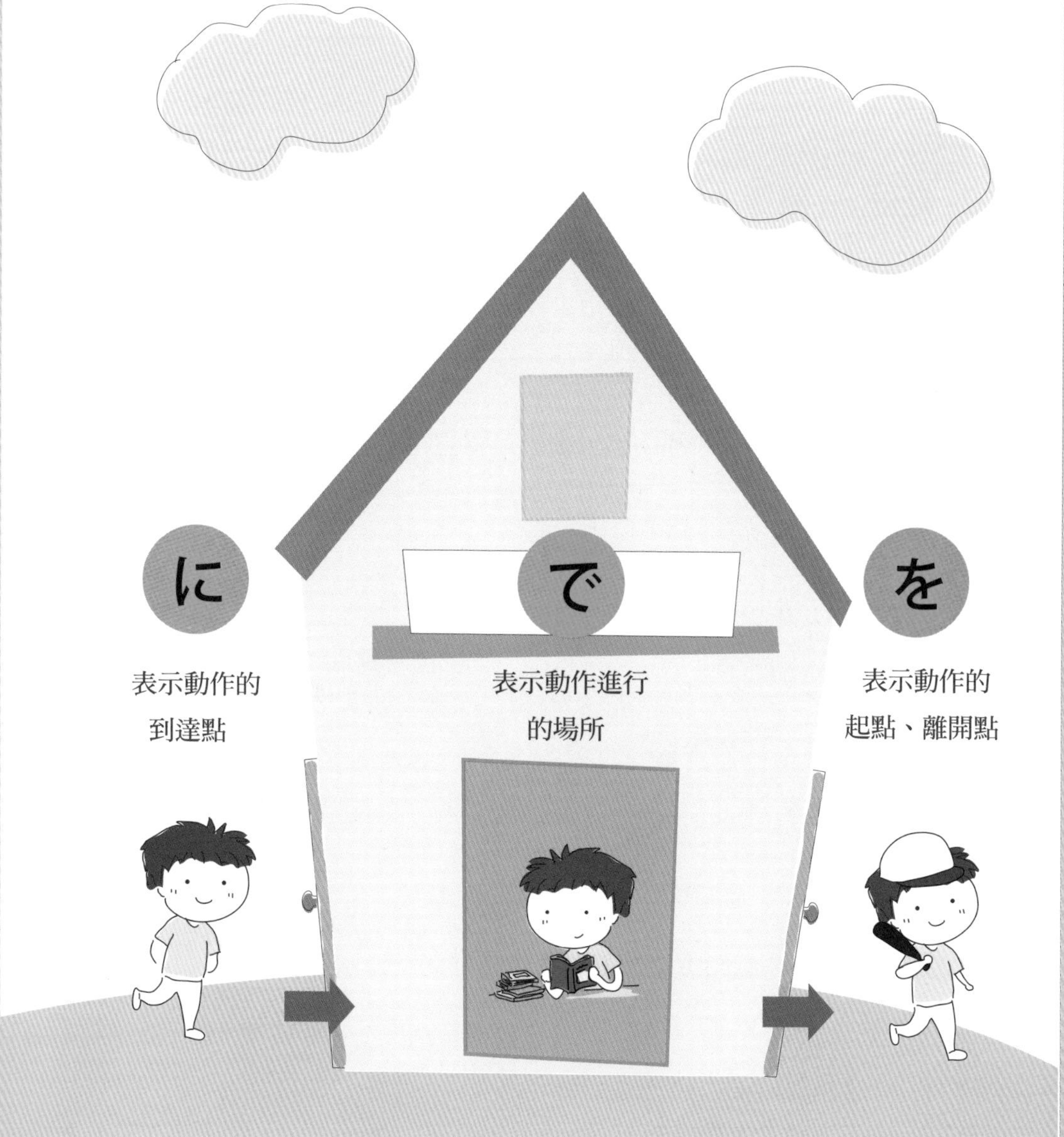

家(いえ)に入(はい)ります。
(進入家裡。)

家(いえ)で勉強(べんきょう)します。
(在家裡唸書。)

家(いえ)を出(で)ます。
(走出房子。)

練習問題

1 照語順寫句子　依照下面的語順，改成一個完整的日文句子

1. 男人 → 沙發 → 到 → 坐

男の人（おとこのひと）　ソファー　　座（すわ）ります

____

2. 哥哥 → 隧道 → 從 → 出來

トンネル　　出（で）ます

____

2 排排看　請把盒子裡的字，排成正確的句子

1. 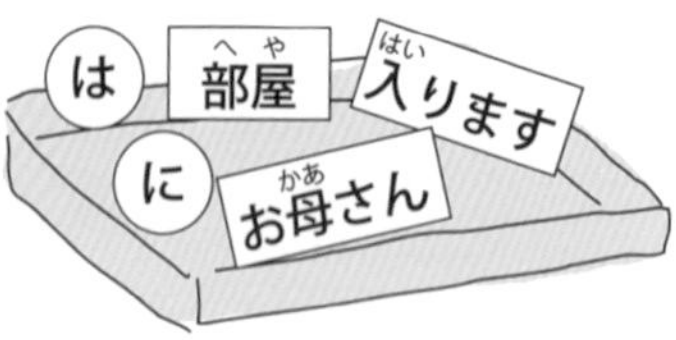

____

部屋（へや）＝房間；入（はい）ります＝進去

2. 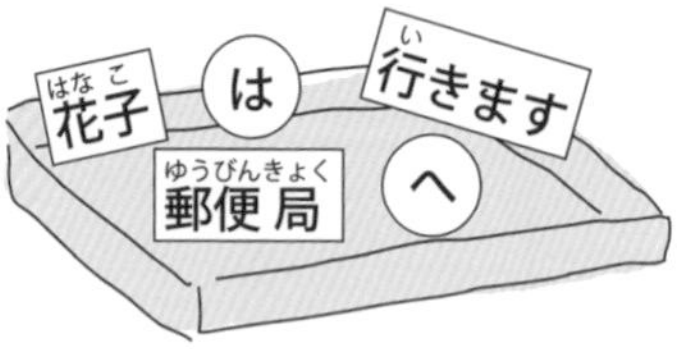

____

郵便局（ゆうびんきょく）＝郵局

3 翻譯練習　請把中文句子翻譯成為日文

1. 我下公車。　　公車＝バス；從～下來＝降（お）ります

____

2. 我到國外去。　　國外＝海外（かいがい）

____

第六課 結果

◎ T26

易經上說：「窮則變、變則通」。只要看清局勢、掌握趨勢與創新，你就是「變則通、通則久」的成功者喔！

日語中，變化動詞（述語）中最基本的是「なります（なる）」（變成）。有變化就會有結果，變成怎麼樣了呢？我們先看變化句型：「變化者は結果になります」。

變化動詞前面，就是變化的結果了，這個結果就是句中的補語。

所以，要說「姊姊變漂亮了。」日語語順是把變化動詞的「變」移到「了」之前，就可以啦！

主體は+結果に（く）+變化動詞（なります）。

語順 圖表記憶 ！ 喀擦一聲！把文法圖表照進記憶中！

1 中文語順 姊姊→變→漂亮→了。

2 中文變日文 姊姊→は→漂亮に→變り→了（ました）。
姉　きれいに　なり　ました。

3 日文語順 姉（あね）は　きれいに　なりました。
姊姊變漂亮了。

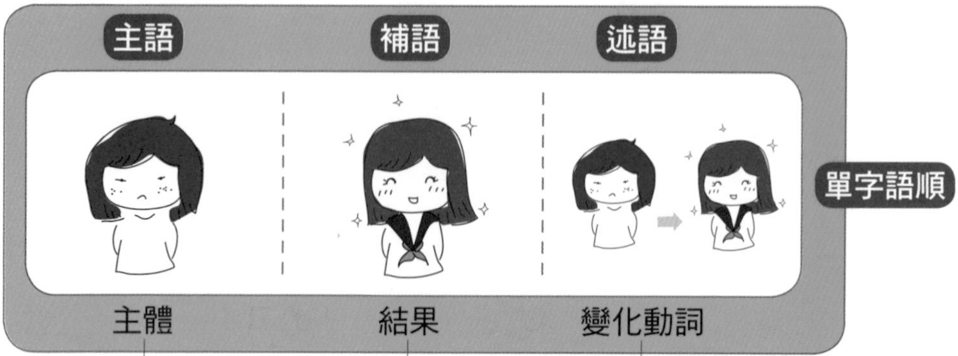

1 姉の歯は　白く　なりました。姊姊牙齒變白了。

2 姉は　きれいに　なりました。姊姊變漂亮了。

3 姉は　先生に　なりました。姊姊當了老師。

形容詞後面接「なります」，要把詞尾的「い」變成「く」。形容動詞後面接「なります」，要把詞語尾的「だ」變成「に」。名詞後面接「なります」，要在名詞後面接「に」。

看漫畫比比看

1 姉の歯は白くなりました。
姊姊牙齒變白了。

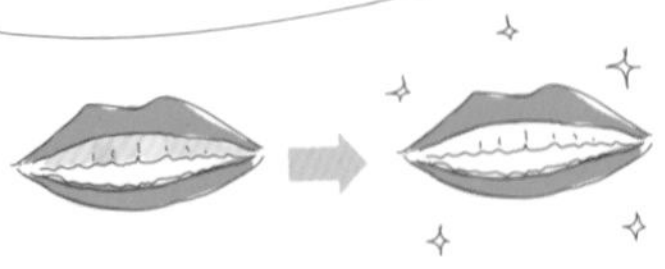

2 姉はきれいになりました。
姊姊變漂亮了。

3 姉は先生になりました。
姊姊當了老師。

練習問題

1 照語順寫句子　依照下面的語順，改成一個完整的日文句子

1. 頭髮 → 長 → 變 → 了

髪（かみ）　長い（なが）

____

2. 弟弟 → 帥 → 變 → 了

ハンサム

____

2 排排看　請把盒子裡的字，排成正確的句子

1. 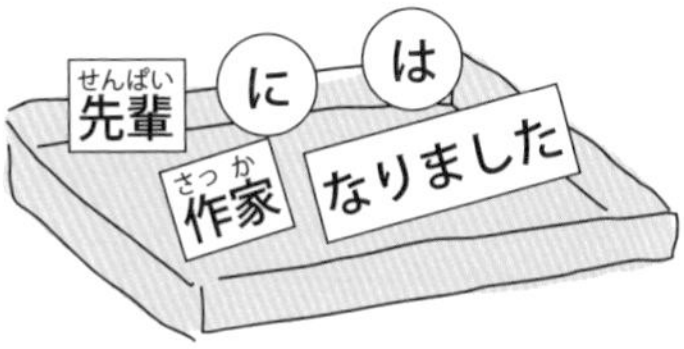

____

先輩（せんぱい）＝前輩；作家（さっか）＝作家

2. 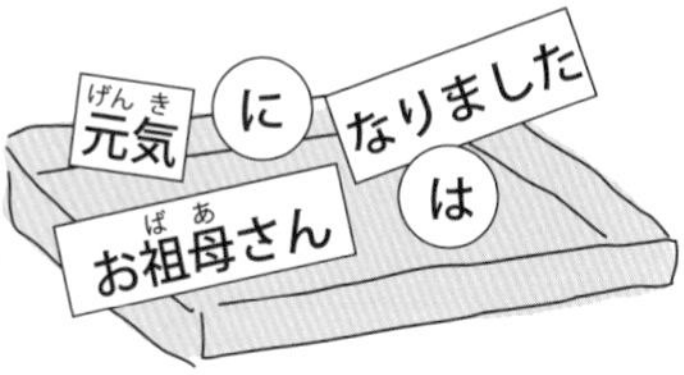

____

元気（げんき）＝健康

3 翻譯練習　請把中文句子翻譯成為日文

1. 孩子的衣服變髒了。　衣服＝服（ふく）；髒＝汚い（きたな）

____

2. 妹妹當了音樂家。　音樂家＝音楽家（おんがくか）

____

第七課 行為的原料、材料

（一）原料

在日本光是鹽就有一般鹽、海鹽、湖鹽、胡椒鹽、昆布鹽等。「塩味」料理跟「油味」可是日本料理的兩大勢力呢！您一定納悶，只有鹽調味有什麼好吃的？但日本人就是能讓它好吃！

鹽巴是怎麼來的呢？這時候要把原料放在動詞述語之前，當作動詞的補語，而原料後面要用助詞來表示。

製作什麼東西時，使用的原料，助詞用「から」（從…）；使用的材料，助詞用「で」（用…）。

「鹽巴是從海水製成的。」日語語順是，將相當於助詞的「從」移到原料之後，就可以了。語順是，

主體は+原料から+動作。

語順 圖表記憶 ！ 喀擦一聲！把文法圖表照進記憶中！

1 中文語順 鹽巴是→從→海水→製成的。

2 中文變日文 鹽巴是は→海水→從（から）→製成的られました。
塩　海水　から　作られました。

3 日文語順 塩（しお）は　海水（かいすい）から　作（つく）られました。
鹽巴是從海水製成的。

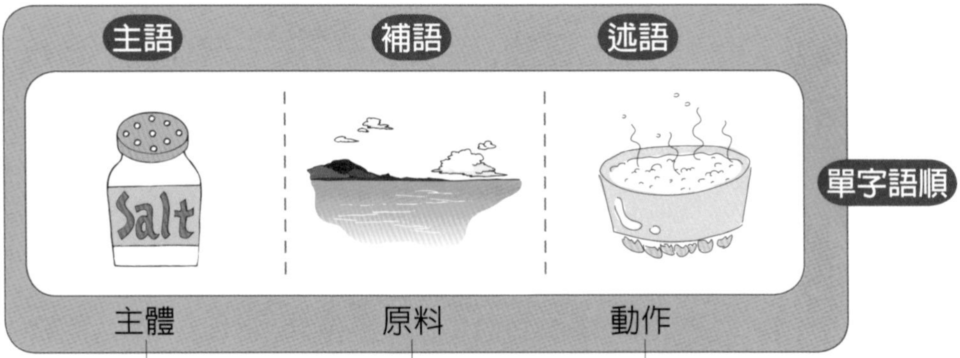

1 塩(しお)は　作(つく)られました。 鹽巴製作的。

2 塩(しお)は　海水(かいすい)から　作(つく)られました。 鹽巴是從海水製作的。

（二）材料

T28

單字語順

補語	補語	述語
材料	結果	動作

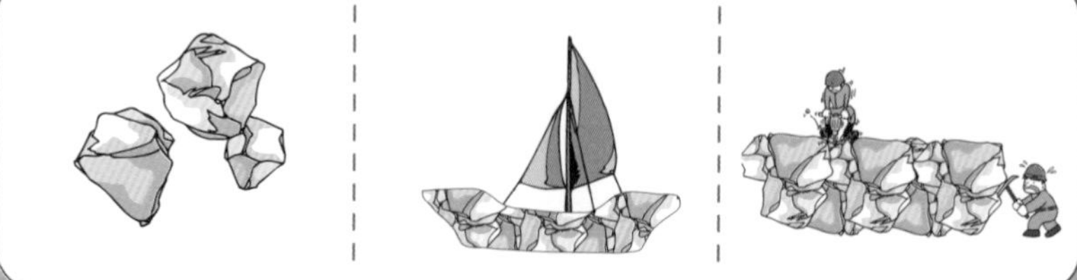

1　石(いし)で　　　　作(つく)ります。　用石頭做。

2　石(いし)で　船(ふね)を　作(つく)ります。　用石頭做船。

「で」要放在材料的後面，來表示句中的補語。這句話沒有主語。

看漫畫比比看

1　塩(しお)は海水(かいすい)から作(つく)られました。
鹽巴是從海水製作的。

2　石(いし)で船(ふね)を作(つく)ります。
用石頭做船。

例句（1）的「から」表示原料。原料和成品之間有起化學變化；例句（2）的「で」表示材料。原料和成品之間沒有起化學變化。

練習問題

1 照語順寫句子　依照下面的語順，改成一個完整的日文句子

1. 玻璃 → 用 → 椅子 → 做

ガラス　　椅子(いす)

____

2. 葡萄酒 → 葡萄 → （是）從 → 製成的

ワイン　　葡萄(ぶどう)

____

2 排排看　請把盒子裡的字，排成正確的句子

1. 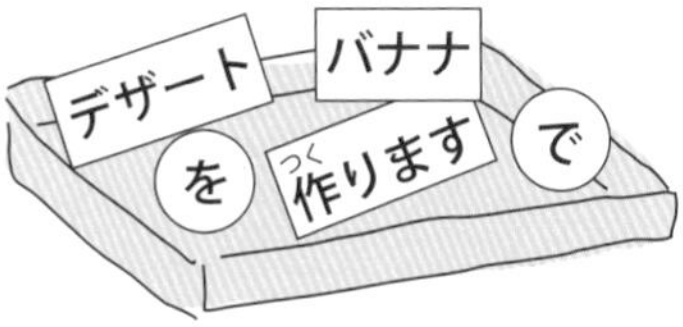

____

デザート＝甜點；バナナ＝香蕉

2. 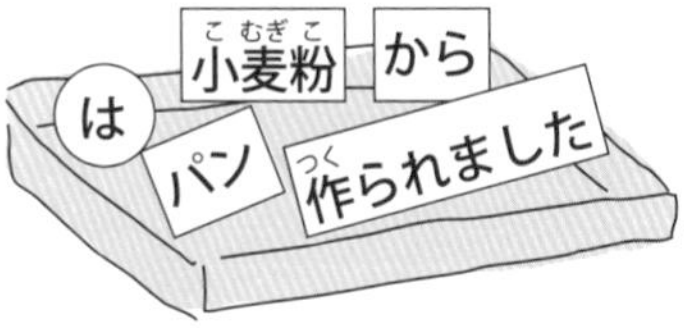

____

小麦粉(こむぎこ)＝麵粉；パン＝麵包

3 翻譯練習　請把中文句子翻譯成為日文

1. 用樹木做筷子。　　筷子＝箸(はし)

____

2. 酒是從米製成的。　　酒＝お酒(さけ)；米＝米(こめ)

____

第八課 比較的對象 （一）事物

T29

您知道日本的「都道府縣」各是哪些地方嗎？告訴您「都」就是東京都，「道」就是北海道，「府」為京都與大阪兩府，其他都是「縣」。

誰比誰還大啦、誰比誰還有錢啦、要比較就要用助詞「より」（比）。比較的對象要在述語的前面，當作述語的補語。「より」要接在比較對象的後面。

所以「北海道比大阪大。」日語語順是，把相當於助詞的「比」移到「大阪」的後面，就行啦！語順是，

主體は+比較對象より+狀態。

語順 圖表記憶 喀擦一聲！把文法圖表照進記憶中！

1 中文語順 北海道→比→大阪→大。

2 中文變日文 北海道は→大阪→比（より）→大きいです。
北海道　大阪　より　大きいです。

3 日文語順 北海道（ほっかいどう）は　大阪（おおさか）より　大（おお）きいです。
北海道比大阪大。

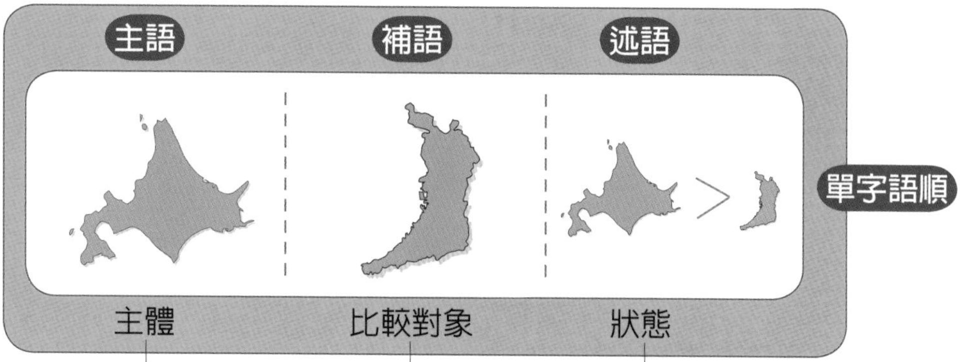

1 北海道（ほっかいどう）は　大（おお）きいです。北海道大。

2 北海道（ほっかいどう）は　大阪（おおさか）より　大（おお）きいです。北海道比大阪大。

看漫畫比比看

1 **北海道（ほっかいどう）は大（おお）きいです。**
北海道大。

2 **北海道（ほっかいどう）は大阪（おおさか）より大（おお）きいです。**
北海道比大阪大。

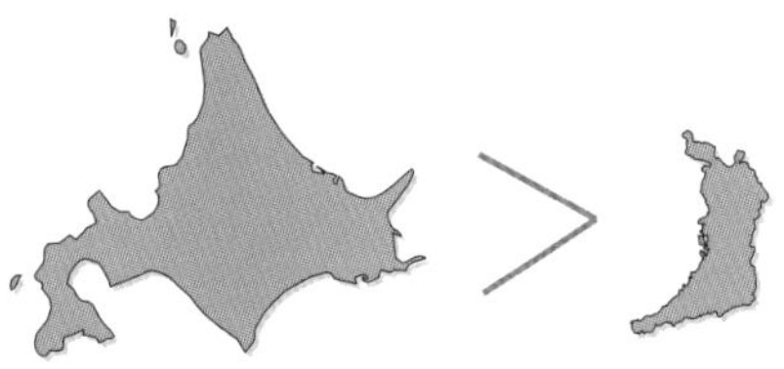

例句（1）只是單純地說「北海道大」；例句（2）加入補語跟補語助詞「大阪より」，知道「北海道」比的對象是「大阪」。

（二）人物

◎ T30

主語　　補語　　述語

主體　　比較對象　　狀態

單字語順

1　僕(ぼく)は　　　似(に)ています。　我很像。

2　僕(ぼく)は　キムタクと（に）似(に)ています。　我很像木村拓哉。

「と」跟「に」也是表示比較對象（補語）的助詞。

練習問題

1 照語順寫句子　依照下面的語順，改成一個完整的日文句子

1. 今天 → 昨天 → 比 → 寒冷

今日（きょう）　昨日（きのう）　寒（さむ）い

____

2. 韓語 → 日語 → 很像

韓国語（かんこくご）　日本語（にほんご）

____

2 排排看　請把盒子裡的字，排成正確的句子

1. 

____

町（まち）＝城市；賑（にぎ）やかです＝熱鬧；田舎（いなか）＝鄉下

2. 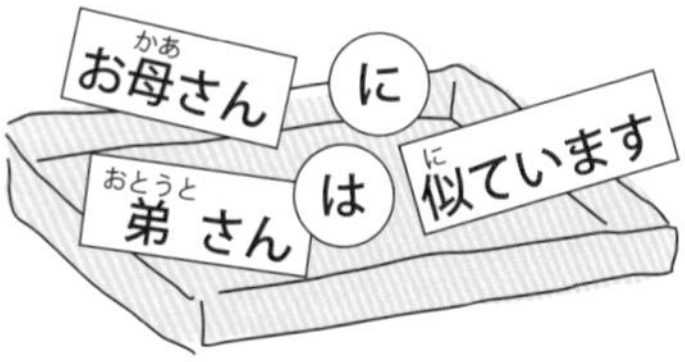

____

（請以「弟さん～」開頭）

3 翻譯練習　請把中文句子翻譯成為日文

1. 這個比那個簡單。　　簡單＝易（やさ）しい

____

2. 那個人很像我朋友。　　朋友＝友達（ともだち）

____

第一課 時間變形

T31

我們說「聊天」就是聊天氣啦！日本氣象報告準確度比較高，連幾點幾分打雷都能預測得到，可知日本人多愛聊天氣了。是晴天、陰天、下雨…，從天氣切入，就能輕鬆打開話匣子！

日語表示過去、現在、未來的時間，是以說話的那個時間點為基準，來判斷的。要表示過去、現在、未來的時間，日語的動詞要進行變化。過去式動詞的變化方式是，後接助動詞「ました／た」，未來式是「ます形／原形」，現在進行式是要接「ています／ている」，上述的「／」後面皆為普通體。

「昨天下雨了」（昨日、雨が降りました）「ました／た」是過去式的助動詞。這樣的句子又叫過去變形句。這句的日文語順，是把動詞「下」和表示過去的「了」一起往句尾移。語順是，

主體+關連內容が+述語（時間變形）

語順 圖表記憶 ! 喀擦一聲！把文法圖表照進記憶中！

1 中文語順

昨天→下→了→雨。

2 中文變日文

昨天→雨が→下り→了（ました）。
昨日　雨　降り　ました。

3 日文語順

昨日（きのう）、雨（あめ）が　降（ふ）りました。
昨天下了雨。

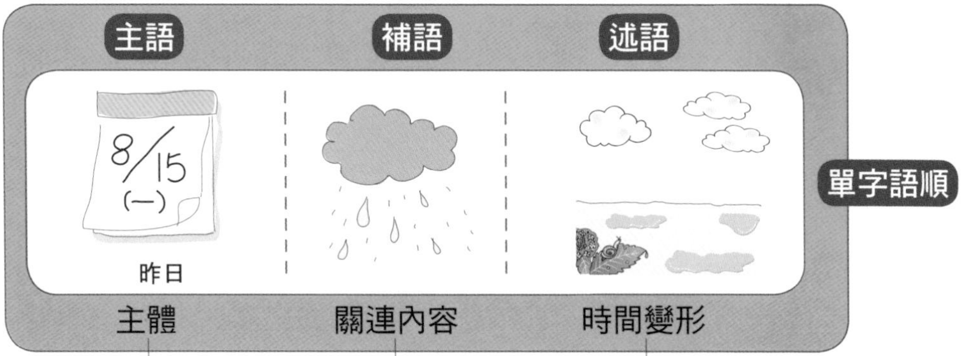

1 （時間不明）　降（ふ）ります。　下…。

2 （過去）　昨日（きのう）、　雨（あめ）が　降（ふ）りました。　昨天下了雨。

3 （未來）　明日（あした）、　雨（あめ）が　降（ふ）るでしょう。　明天會下雨吧。

4 （現在）　今（いま）、　雨（あめ）が　降（ふ）っています。　現在，正在下雨。

看漫畫比比看

（1）過去式，表示事情已經過去了，是在說話之前的事。動詞「降ります」語尾就變成過去式的「降りました」，普通體是「降る→降った」。

（2）未來式，表示事情還沒有發生，是在說話之後的事。動詞用原形，再接推測助動詞的「でしょう」（…吧）。

（3）現在式，表示事情正在發生，用「ています」（正在…）的形式。

練習問題

1 照語順寫句子　依照下面的語順，改成一個完整的日文句子

1. 現在 → 大雨 → 下 → 正在

　　　おおあめ
　　　大雨

____

2. 前天 → 地震 → 有 → 了

　　　　　じしん　お
おととい　地震　起きます

____

2 排排看　請把盒子裡的字，排成正確的句子

1. 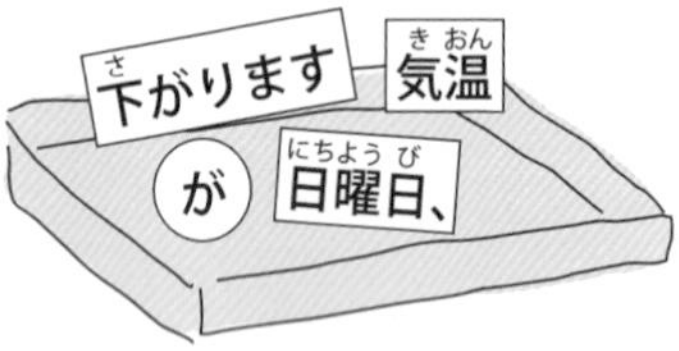

____

にちようび　　きおん
日曜日＝禮拜天；気温＝氣溫；
さ
下がります＝下降

2. 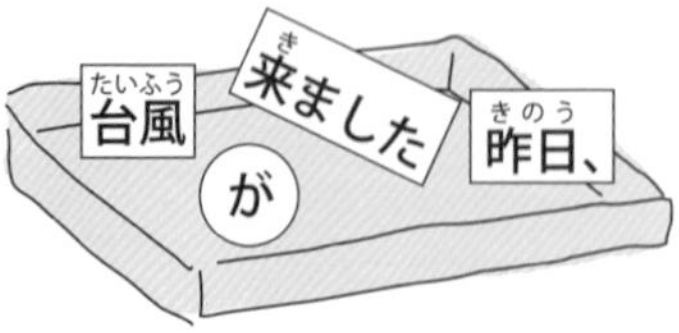

____

たいふう
台風＝颱風

3 翻譯練習　請把中文句子翻譯成為日文

1. 上禮拜下了雪。

　　せんしゅう　ゆき
上禮拜＝先週；雪＝雪

____

2. 後天會颱風。

　　　　　　　かぜ　　　　ふ
後天＝あさって；風＝風；颳、吹＝吹きます

____

第二課 邀約變形句

T32

您知道「茶中有禪」、「茶禪一體」的日本茶道，到底喝的是什麼茶呢？答案是抹茶啦！據調查日本人最愛喝的是綠茶！其他還有抹茶、煎茶、烘焙茶、番茶、玄米茶、玉露等等。每年新茶上市的時候，主婦們都免不了要血拼一番。

要有禮貌地勸誘對方，跟自己一起做某事，例如邀請對方喝茶等等，就要把述語的動詞變成否定再加上「か」，變成「ませんか」（要不要…呢），如：「飲みます→飲みませんか」（要不要喝茶呢？）。前面常跟「いっしょに」（一起）前後呼應。

因此，「要不要一起喝杯茶？」的日文語順，是把助動詞「要不要」往句尾移，然後把「茶」放在動詞「喝」前面。語順是，

一起+對象を+動作ませんか。

語順 圖表記憶 ❗ 喀擦一聲！把文法圖表照進記憶中！

1 中文語順 → 要不要→一起→喝杯→茶？

2 中文變日文 → 一起に→茶を→喝（杯）み→要不要（ませんか）？
いっしょ お茶 飲み ませんか。

3 日文語順 → いっしょに　お茶（ちゃ）を　飲（の）みませんか。
要不要一起喝杯茶？

① いっしょに　お茶(ちゃ)を　飲(の)み　ませんか。

要不要一起喝杯茶？

② いっしょに　お茶(ちゃ)を　飲(の)み　ましょう。

一起喝杯茶吧！

例句（2）的「飲みましょう」是「動詞＋ましょう」（做…吧）的形式，這也表示勸誘對方跟自己一起做某事的用法。但例句（1）的「ませんか」比「ましょう」更客氣。

看漫畫比比看

例句（1）的「ませんか」是在尊重對方的意願之下，較客氣地邀約對方一起做某事；例句（2）「ましょう」一般用在做那一行為、動作，事先已經規定好，或已經成為習慣的情況。

練習問題

1 照語順寫句子　依照下面的語順，改成一個完整的日文句子

1. 一起 → 歌 → 唱 → 要不要
　歌（うた）　歌（うた）います

____

2. 一起 → 家 → 回 → 吧

____

2 排排看　請把盒子裡的字，排成正確的句子

1.

____

電車（でんしゃ）＝電車

2.
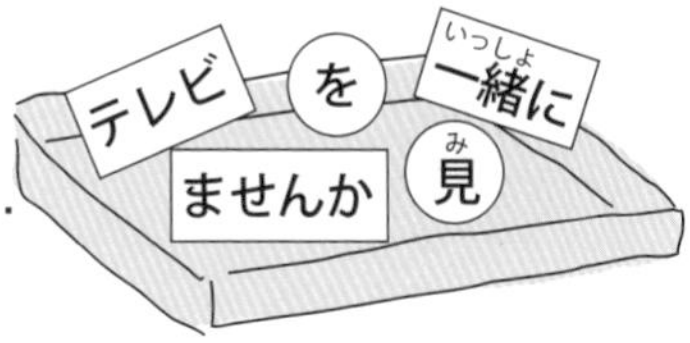

____

テレビ＝電視

3 翻譯練習　請把中文句子翻譯成為日文

1.要不要一起玩遊戲？　遊戲＝ゲーム；玩＝遊（あそ）びます

____

2. 一起等他吧！　等～吧＝待（ま）ちましょう

____

第三課 希望變形句

(一) たい

T33

說到想要什麼，就想到日本人那多禮又細膩的「送禮」了。日本人從年頭到年尾都在送禮，對「送禮」可有一套縝密的哲學喔！據調查，日本人最喜歡收到的禮物是罐頭、海鮮、醬菜等食料品。其他如禮券、酒類、目錄禮品、飲料、清潔劑及水果…等，也廣受歡迎的喔！

想表示說話人的希望，就要把述語動詞變成「ます形」，去掉「ます」再加上助動詞「たい（です）」（想要…）。例如「食べます→食べたいです」。還有，想要的對象，補語助詞要用「が」，放在述語前面。這樣的句子又叫希望變形句。

所以，「我想吃河豚」的日文語順，是把動詞「吃」往句尾移，然後把「想」放在動詞後面。語順是，

主體は+對象が+動作たい（です）。

語順 圖表記憶

喀擦一聲！把文法圖表照進記憶中！

1 中文語順

我→想→吃→河豚。

2 中文變日文

我は→河豚が→吃べ→想です。
私　ふぐ　食べ　たいです。

3 日文語順

私（わたし）は　ふぐが　食（た）べたいです。
我想吃河豚。

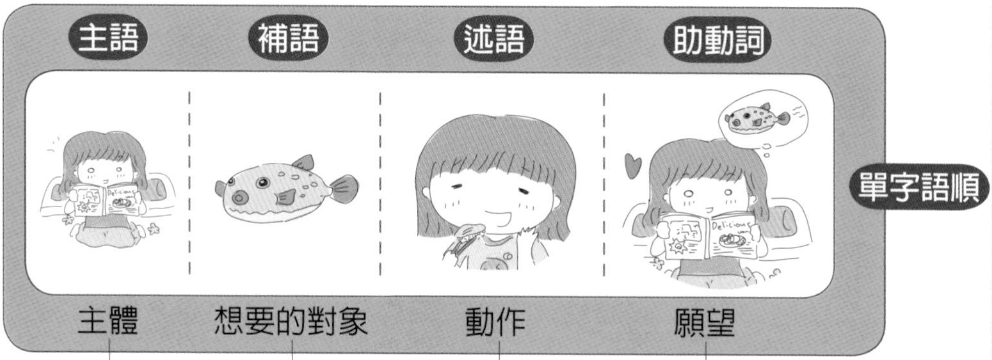

1 私(わたし)は　ふぐを　食(た)べます。　我吃河豚。

2 私(わたし)は　ふぐが　食(た)べ　たいです。　我想吃河豚。

這裡的「ふぐが食べたいです」表示我（說話人，第一人稱）心中希望能實現願望。如果句尾加上表疑問的「か」（…嗎），如，「ふぐが食べたいですか」（你想吃河豚嗎？）就表示聽話者的願望了。

看漫畫比比看

例句（1）是有補語的基本句，所以語順是「主語は+補語を+述語」，補語助詞用表示動作對象的「を」；例句（2）是希望變形句，所以補語助詞要改成，表示願望對象的「が」，述語後面要接「たい（です）」。請參考STEP1的第二課「助詞」。

（二）たがる

◎ T34

日本NHK的「國民生活時間調查」說，日本人每天看電視時間平均為4個小時，而禮拜天則是5個小時以上。日本人真是世界上最愛看電視的人了。

日語中，相對於自己的希望用「たい」，第三者的希望就要用助動詞「たがる（たがります）」（想要…）。方法是把述語動詞變成「ます形」，去掉「ます」再加上「たがります」例如，「見ます→見たがります」。當然，這樣的句子也叫希望變形句。

所以，「小孩想看電視」的日文語順是把動詞「看」往句尾移，然後把助動詞「想」放在動詞後面。語順是，

主體は+對象を+動作たがります。

語順 圖表記憶 ！ 喀擦一聲！把文法圖表照進記憶中！

1 中文語順 小孩→想→看→電視。

2 中文變日文 小孩は→電視を→看→想ます。
子供　テレビ　見　たがります。

3 日文語順 子供（こども）は　テレビを　見（み）たがります。
小孩想看電視。

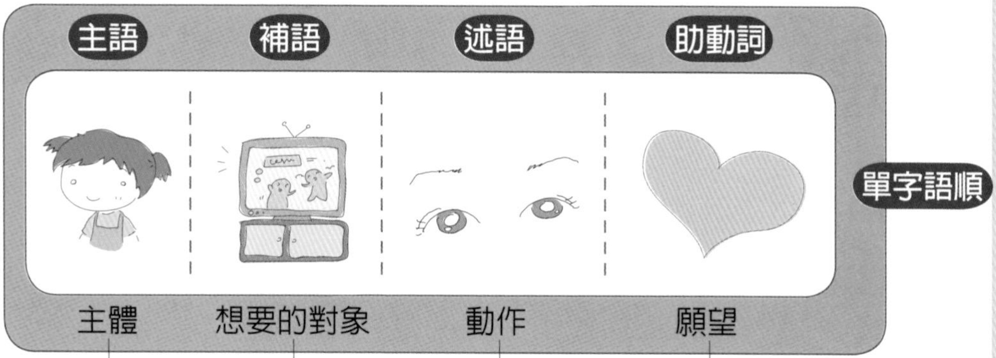

1 子供(こども)は　テレビを　見(み)ます。　小孩看電視。

2 子供(こども)は　テレビを　見(み)　たがります。　小孩想看電視。

「たがります」表示說話人從表情、動作等外觀上，來觀察他人顯露在外面的希望。主語多為第三人稱（他、他們…等）。否定形是「たがりません」，表示不希望、不願意。

這句話可能是看小孩想看心愛的節目，電視卻壞了，推測小孩想要的是「看電視」。

看漫畫比比看

1 子供(こども)はテレビを見(み)ます。
小孩看電視。

2 子供(こども)はテレビを見(み)たがります。
小孩想看電視。

例句（1）只是簡單說出「小孩看電視」；例句（2）加入了助動詞「たがります」（想要…）表示小孩顯露在外的希望是「看電視」。

（三）がほしいです

T35

您知道日本人目前養的貓狗數，是多少呢？根據一個有趣的統計發現，共一千七百萬隻，而這個數字竟然跟日本從零到十二歲的小孩人口相當。難怪日本政府為少子化如此傷透腦筋了。

想將某事物弄到手，成為自己的，表示說話人的希望，還可以用一個感情形容詞來當述語，那就是「ほしい」（想要…），而想要的對象，助詞要用「が」來表示。

所以，「我想要孩子」的日文語順，是把形容詞述語「想要有」移到句尾，就行啦。語順是，

主體は+對象が+ほしいです。

語順 圖表記憶 喀擦一聲！把文法圖表照進記憶中！

1 中文語順
我→想要有→孩子。

2 中文變日文
我は→孩子が→想要有です。
私　赤ちゃん　ほしいです。

3 日文語順
私（わたし）は　赤（あか）ちゃんが　ほしいです。
我想要有孩子。

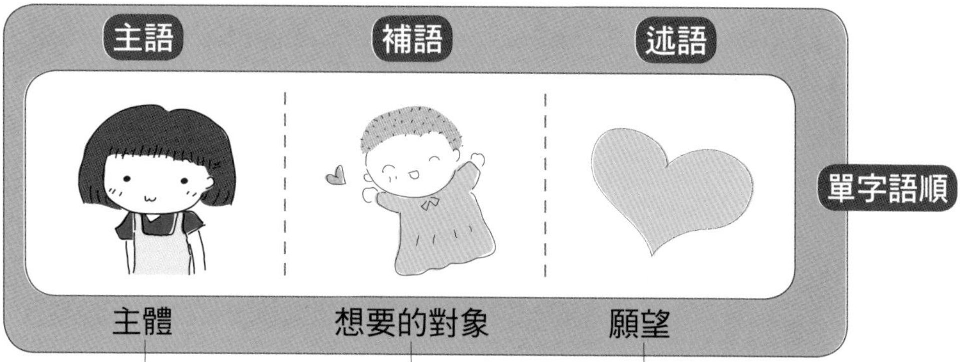

1 私（わたし）は　　　　ほしいです。我想要。

2 私（わたし）は　赤（あか）ちゃんが　ほしいです。我想要有孩子。

要詢問對方想要什麼，用疑問句就行啦！如「金がほしいですか。」（你想要錢？）但這樣的問法，通常用在跟自己關係親近的人上面。

「がほしい」不用在第三者的希望。第三者的希望要用「主語は+補語を+ほしがっています」的形式。

看漫畫比比看

例句（1）只單純說出「我想要」，但沒說出想要什麼；例句（2）明確地說出想要的是補語助詞「が」前面的「孩子」。

練習問題

1 照語順寫句子　依照下面的語順，改成一個完整的日文句子

1. 我 → 廣播 → 聽 → 想
   ラジオ

____

2. 大家 → 時間 → 想要有
   みんな　時間(じかん)

____

2 排排看　請把盒子裡的字，排成正確的句子

1. 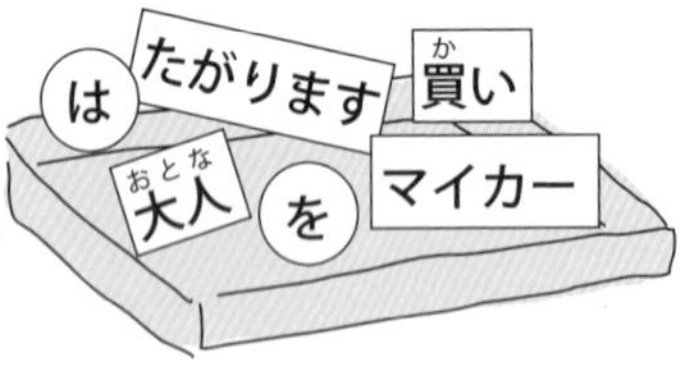

____

マイカー＝自用車

2. 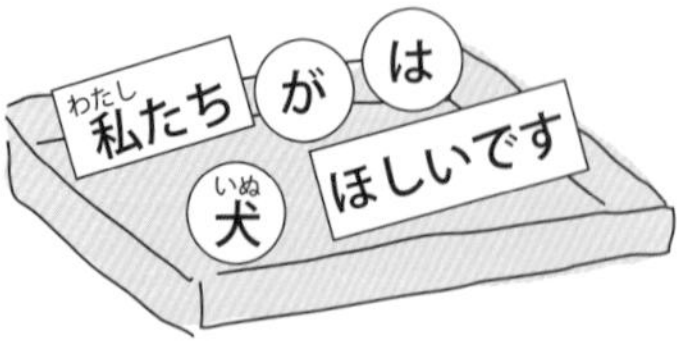

____

私(わたし)たち＝我們

3 翻譯練習　請把中文句子翻譯成為日文

1. 他想要買皮包。　皮包＝かばん

____

2. 姊姊想要裙子。　裙子＝スカート

____

第四課 能力變形句

（一）可能句型1

T36

會說日語，去日本就更好玩喔！可以問到更好吃的、玩到更好玩的、聽到更有趣的啦！

把述語的動詞，加上表示「會…、能…」的句型「ことができます」，變成「話すことができます」，就可以跟別人說「私は日本語を話すことができます。」（我會說日語。）還有，要注意喔！補語助詞要用「を」！

因此，「我會說日語」的日文語順是，把動詞「說」往句尾移，然後把「會」放在動詞後面。語順是，

主體は+關連內容を+動作ことができます。

語順 圖表記憶！ 喀擦一聲！把文法圖表照進記憶中！

1 中文語順

我→會→說→日語。

2 中文變日文

我は→日語を→說す→ことが會きます。

私　日本語　話す　ことできます。

3 日文語順

私（わたし）は　日本語（にほんご）を　話（はな）すことが　できます。

我會說日語。

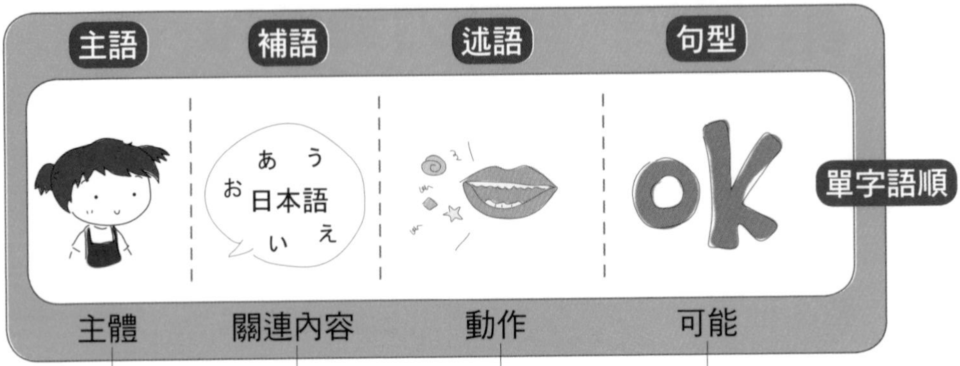

1 私は　日本語を　話します。　我說日語。

2 私は　日本語を　話す　ことができます。 我會說日語。

這裡的「話すことができます」表示經過學習，所得到的能力。「ことができます」（會…、能…）表示體質上、體力上、能力上會做的，或是在外部條件允許時可能做。

看漫畫比比看

例句（1）只單純說出「我說日語」；例句（2）加入了句型「ことができます」（會…）表示「我會說日語」。

（二）可能句型2

◎ T37

現在許多父母，會讓小孩學才藝、彈鋼琴、畫畫…。而在國外，許多小孩都會好幾樣的運動，從中學習協調、合作、鍛鍊身體。

「我會彈鋼琴」日語是「私はピアノが弾けます。」這是把述語的動詞，改成動詞可能形，來表示「會…」之意。動詞可能形的變化是「弾き（ki）ます→弾け（ke）ます」也就是「i」改成「e」。還有，要注意喔！補語助詞要用「が」！

「我會彈鋼琴。」的日文語順是把動詞「彈」往句尾移，然後把「會」放在動詞「彈」後面。語順是，

主體は+關連內容が+述語（動詞可能形）。

語順 圖表記憶 喀擦一聲！把文法圖表照進記憶中！

1 中文語順　我→會→彈→鋼琴。

2 中文變日文　我は→鋼琴が→彈→會(けます)。
私　ピアノ　弾　けます。

3 日文語順　私（わたし）は　ピアノが　弾（ひ）けます。
我會彈鋼琴。

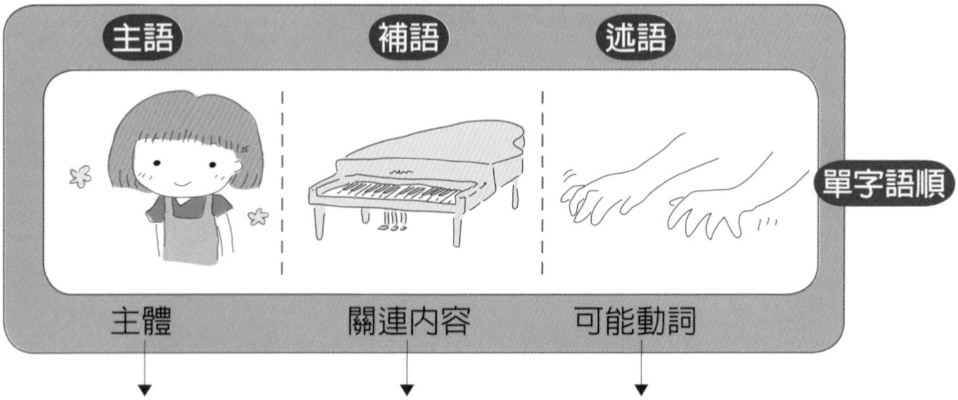

1 私(わたし)は 弾(ひ)けます。 我會彈。

2 私(わたし)は ピアノが 弾(ひ)けます。 我會彈鋼琴。

這裡的「弾けます」（會彈）表示經過了練習，所得到的能力。動詞可能形，表示能力上、體質上、體力上會做的，也表示在外部條件允許時可能做。

看漫畫比比看

例句（1）只提到「我會彈」，但沒有提到會彈什麼；例句（2）明確地提到會彈的是補語助詞「が」前的「鋼琴」。

（三）可能句型3

T38

日本是海島國家，有各式各樣的海鮮，其中生魚片、壽司可說就是日本的代表了。要說「私はすしが食べられます。」（我能吃生魚片），這樣的句子就叫「可能變形句」。

也就是把述語的動詞，加上表示「能、可以」的助動詞「れる」和「られる」，變成「食べられる（食べられます）」就可以了。還有，要注意喔！補語助詞要用「が」！

因此，「我能吃壽司。」日文語順是，把述語的動詞「吃」往句尾移，然後再把「能」放在動詞後面。語順是，

主體は+關連內容が+動作れます／られます。

語順 圖表記憶 喀擦一聲！把文法圖表照進記憶中！

1 中文語順

我→敢→吃→壽司。

2 中文變日文

我は→壽司が→吃べ→敢（られます）。
私　すし　食べ　られます。

3 日文語順

私（わたし）は　すしが　食（た）べられます。
我敢吃壽司。

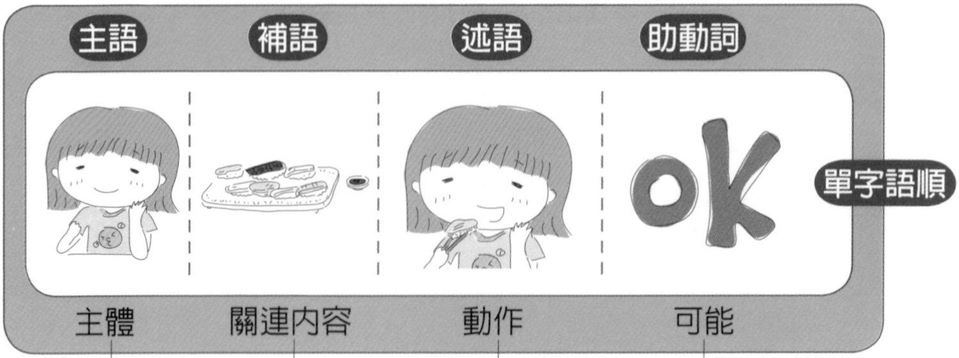

① 1 私(わたし)は　すしを　食(た)べます。　我吃壽司。

② 2 私(わたし)は　すしが　食(た)べ　られます。　我敢吃壽司。

這裡的「食べられます」表示經過各種嘗試之後，所得到的能力。「れる」、「られる」相當於句型「ことができます」（會…、能…）。

看漫畫比比看

例句（1）只是單純說出「我吃壽司」；例句（2）「食べます」加上「られます」表示「能吃、敢吃」的意思。

練習問題

1 照語順寫句子　依照下面的語順，改成一個完整的日文句子

1. **老公 → 咖哩 → 會做**

主人（しゅじん）　カレー

____

＊請使用「～れます／られます」句型

2. **姊姊 → 衣服 → 做 → 會**

洋服（ようふく）

____

＊請使用「～ことができます」句型

2 排排看　請把盒子裡的字，排成正確的句子

1. 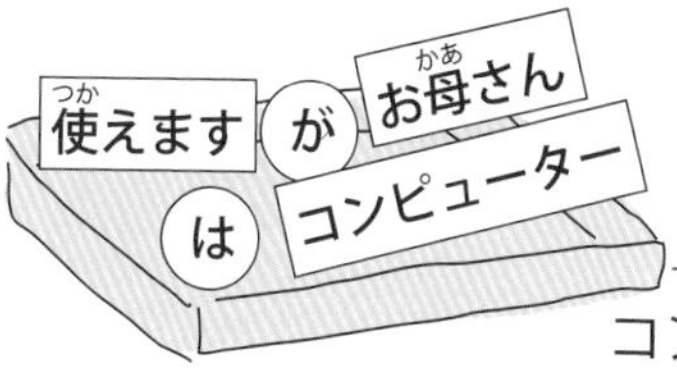

____

コンピューター＝電腦；使（つか）えます＝會使用

2. 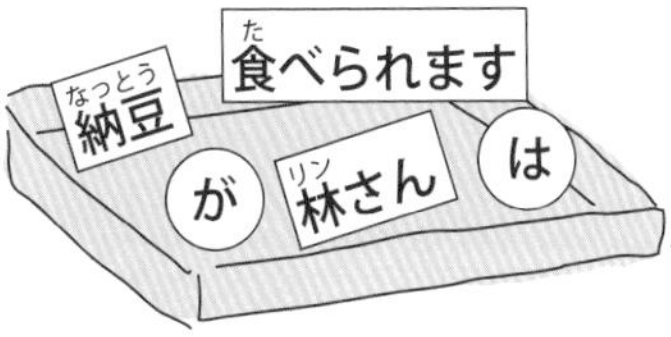

____

納豆（なっとう）＝納豆；林（リン）さん＝林先生

3 翻譯練習　請把中文句子翻譯成為日文

1. **我會跳芭蕾舞。**　芭蕾舞＝バレエ；會跳＝踊（おど）れます

____

2. **老師會寫小說。**　會寫＝書（か）けます；小說＝小説（しょうせつ）

____

第一課　時間、期間

（一）時間點1

◎ T39

日本人講求效率，所以「站著吃飯，快速解決」早已是上班族的小文化了。這一文化並延燒到居酒屋的站著喝酒喔！聽說站著喝酒比較熱鬧，也不容易醉。

某一動作發生的時間，往往是人們關注的話題。在日語語順中，時間詞要放在述語的前面，來修飾後面的述語。修飾語要用助詞「に」等等來表示。述語前面如果有行為對象，就放在行為對象的前面。

因此，「我七點吃飯。」日語語順就是，把動詞的「吃」往句尾移就行啦！語順是，

主體は＋時間に＋關連內容を＋動作。

語順　圖表記憶　喀擦一聲！把文法圖表照進記憶中！

1 中文語順　我→七點→吃→飯。

2 中文變日文　我は→七點に→飯を→吃べます。
私　7時　ご飯　食べます。

3 日文語順　私（わたし）は　7時（しちじ）に　ご飯（はん）を　食（た）べます。
我七點吃飯。

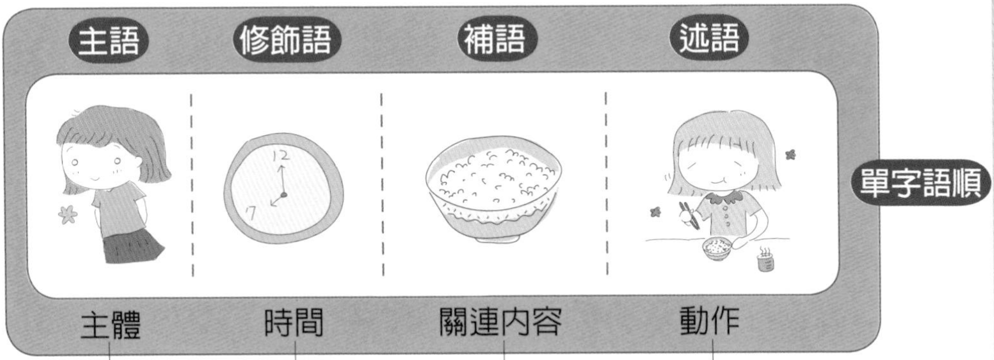

1 私(わたし)は　　　　食(た)べます。我吃。

2 私(わたし)は　　ご飯(はん)を　食(た)べます。我吃飯。

3 私(わたし)は　7時(しちじ)に　ご飯(はん)を　食(た)べます。我七點吃飯。

「７時に」是從時間面上修飾語後面的動詞「食べます」，也就是說「吃」這個動作是在「7點」進行的。「に」是補語時間的助詞。

看漫畫比比看

（二）時間點2

◎ T40

日本人喜歡當6月新娘，為什麼呢？原來，英語的6月是古羅馬神話中，守護女神Juno的名字，她會守護女性及婚姻。因此傳說在6月結婚的女性一定會得到幸福。

表示時間的修飾語，要放在述語的前面來修飾後面動作的時間。修飾語要用助詞「に」等等來表示。

要說，「我星期天結婚。」的日語語順不用移，直接用中文語順就行啦！語順是，

主體は+時間（に）等+動作。

語順 圖表記憶 喀擦一聲！把文法圖表照進記憶中！

1 中文語順 → **我→星期天→結婚。**

2 中文變日文 → **我は→星期天（に）→結婚します。**
私　日曜日　結婚します。

3 日文語順 → 私（わたし）は　日曜日（にちようび）（に）　結婚（けっこん）します。
我星期天結婚。

1 私（わたし）は　日曜日（にちようび）（に）　結婚（けっこん）します。我星期天結婚。

2 私（わたし）は　2月3日（にがつみっか）に　結婚（けっこん）します。我二月三日結婚。

3 私（わたし）は　来年（らいねん）　結婚（けっこん）します。我明年結婚。

「日曜日（に）」、「２月3日に」、「来年」是從時間面上修飾語後面的動詞述語「結婚します」，表示「結婚」這個動作的時間點。

日語的時間名詞有些要加「に」（如：８時、3日），有些不加「に」（如：毎日、来年），有些加不加都可以（如：昼、日曜日）。

（三）期間

T41

表示時間的修飾語，可以分為表示時間點的「今日」（今天）、「八時に」（八點）…等，跟表示期間的「二年間」（兩年之間）和「～から～まで」（從～到～）…等。表示期間的時間名詞，要在述語的前面，來從時間的側面上修飾後面的述語。

由此來看，「我學了兩年。」日語語順就是，把「學了」往句尾移就行啦！語順是，

主體は+時間+動作。

語順 圖表記憶 喀擦一聲！把文法圖表照進記憶中！

1 中文語順
我→學→了→兩年。

2 中文變日文
我は→兩年→學し→了（ました）。
私　二年間　勉強し ました。

3 日文語順
わたし　に ねんかん　べんきょう
私は　二年間　勉強しました。
我學了兩年。

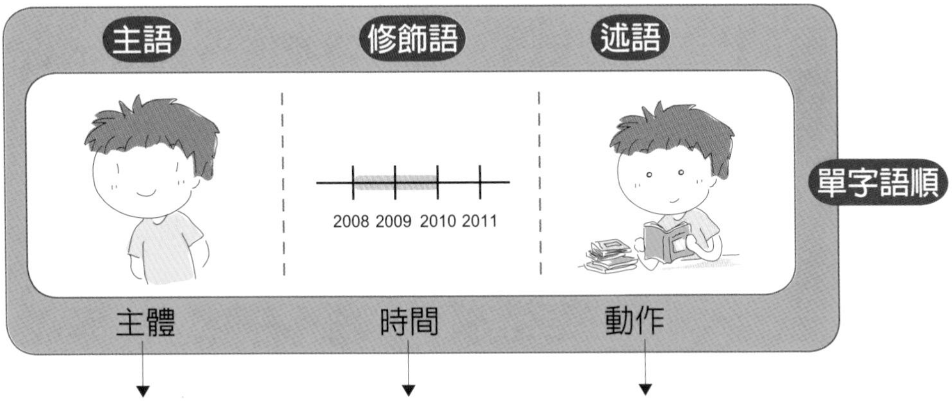

1 私は　　　　　勉強しました。我學了。

2 私は　二年間　勉強しました。我學了兩年。

「～間」表示的是一個區間。

看漫畫比比看

例句（1）只單純地說「我學了」；例句（2）加入時間修飾語「二年間」，來修飾後面的「學了」，知道共學了兩年。

（四）時間、期間

T42

上一單元提過，表示時間的修飾語，可以大分為時間點跟期間兩種。這一單元要說明的是「期間」，這裡的期間用助詞「～から～まで」（從～到～）表示。表示期間的時間名詞，要放在述語的前面，來修飾後面的述語。

因此，「我從六點工作。」日語語順是，將相當於助詞的「從」移到時間的「六點」之後，動詞的「工作」保持在句尾，就行啦！語順是，

主體は+時間から+動作。

語順 圖表記憶 喀擦一聲！把文法圖表照進記憶中！

1 中文語順
我→從→六點→工作。

2 中文變日文
我は→六點→從（から）→工作きます。
私　6時　から　働きます。

3 日文語順
私（わたし）は　6時（ろくじ）から　働（はたら）きます。
我從六點工作。

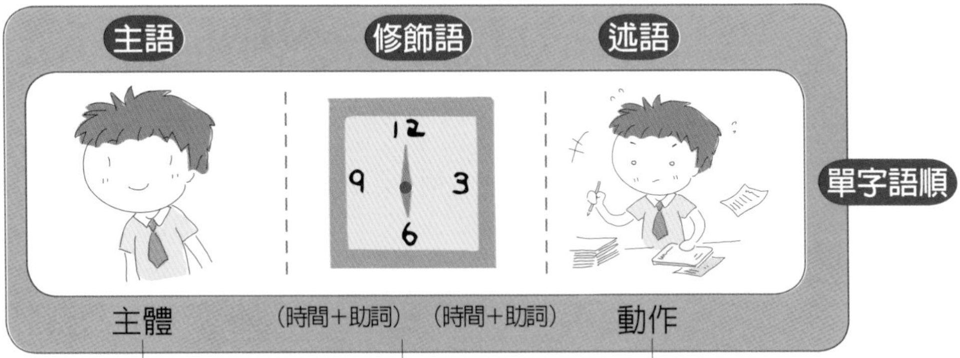

1 私(わたし)は　6時(ろくじ)から　働(はたら)きます。我從六點工作。

2 私(わたし)は　8時(はちじ)まで　働(はたら)きます。我工作到八點。

3 私(わたし)は　9時(くじ)から　5時(ごじ)まで　働(はたら)きます。我從九點工作到五點。

4 私(わたし)は　朝(あさ)から　晩(ばん)まで　働(はたら)きます。我從早工作到晚。

5 私(わたし)は　月曜日(げつようび)から　金曜日(きんようび)まで　働(はたら)きます。我從星期一工作到星期五。

看漫畫比比看1

看漫畫比比看2

練習問題

1 照語順寫句子　依照下面的語順，改成一個完整的日文句子

1. 她 → 晚上11點 → 從 → 早上7點 → 到 → 睡 → 了

夜11時（よるじゅういちじ）　朝7時（あさしちじ）　寝（ね）ます

____

2. 小提琴 → 三年 → 學 → 了

バイオリン　三年間（さんねんかん）　習（なら）います

____

2 排排看　請把盒子裡的字，排成正確的句子

1. 

____

運動（うんどう）します＝運動

2. 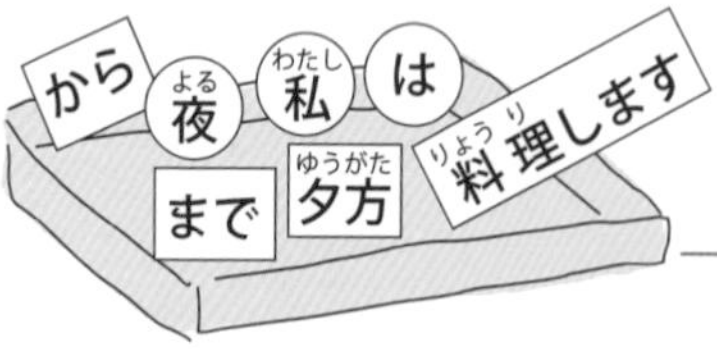

____

夜（よる）＝晚上；夕方（ゆうがた）＝傍晚；料理（りょうり）します＝做菜

3 翻譯練習　請把中文句子翻譯成為日文

1. 朋友明天出院。　　出院＝退院（たいいん）します

____

2. 小寶寶12月1日出生了。　　小寶寶＝赤（あか）ちゃん；12月1日＝1 2月1日（じゅうにがつついたち）；出生了＝生（う）まれます

____

第二課 動作、行為的場所、範圍（一）行為的場所

◎ T43

現在喜歡跑步的人，為數還真不少，跑步的魅力在動作簡單，不需太多器具，不需要一群人參與。大街小巷都可以跑，當然有座公園就更好了。

動作有關的場所。譬如，動作進行的場所、動作開始的場所等，這些場所，都需要後接助詞「で、から、まで」來表示修飾語。從場所面來修飾、限定後面的動詞述語。

因此，「我在公園跑步。」的日語語順，由於動詞「跑步」一開始就乖乖的在句尾，所以不需移動。只要把助詞的「在」，移到「公園」後面就行啦！語順是，

主體は+場所で等+動作。

語順 圖表記憶❗ 喀擦一聲！把文法圖表照進記憶中！

1 中文語順 → 我→（在）→公園→跑步。

2 中文變日文 → 我は→公園→在（で）→跑步ります。
私　公園　で　走ります。

3 日文語順 → 私（わたし）は　公園（こうえん）で　走（はし）ります。
我在公園跑步。

1 私(わたし)は　公園(こうえん)で　走(はし)ります。我在公園跑步。

2 私(わたし)は　公園(こうえん)から　走(はし)ります。我從公園跑步。

3 私(わたし)は　公園(こうえん)から　家(いえ)まで　走(はし)ります。我從公園跑到家。

「公園で」、「公園から」、「公園から家まで」都是修飾在後面的述語，表示動作「走ります」所進行的場所。

「から」（從）、「まで」（到）表示空間的起點和終點。

看漫畫比比看

（二）行為的範圍1

T44

某一行為、動作是在什麼樣的範圍內進行的呢？說明範圍的詞語是修飾語，要在述語的前面，它所擔負的任務是「範圍」。

這一單元介紹「しか」（只、僅僅）這個說明範圍的助詞，後接否定，表示限定。它前接名詞，來修飾後面的動詞述語，動詞要變成否定式。

所以，「我只吃日本料理。」日語語順就是，把「日本料理」移到範圍助詞「只」之前，接下來在動詞「吃」的後面加上否定的「不」，就可以了。

主體は+關連內容しか+動作（否定）。

語順 圖表記憶 喀擦一聲！把文法圖表照進記憶中！

1 中文語順

我→只→吃→日本料理。
（不）

2 中文變日文

我は→日本料理→只（しか）→吃べ（不）ません。
私　日本料理　しか　食べません。

3 日文語順

私（わたし）は　日本料理（にほんりょうり）しか　食（た）べません。
我只吃日本料理。

🔊 1 私(わたし)は　日本料理(にほんりょうり)を　　　食(た)べます。

我吃日本料理。

🔊 2 私(わたし)は　日本料理(にほんりょうり)　しか　食(た)べません。

我只吃日本料理。

「しか」帶有因不足而感到可惜、後悔或困擾的心情。

看漫畫比比看

例句（1）用動作對象助詞「を」，來單純敘述「我吃日本料理」；例句（2）把「を」改成「しか」，變成「日本料理しか」來修飾後面的動詞述語，當然動詞的「食べます」要改成否定形「食べません」了。

（三）行為的範圍2

動作是在什麼樣的範圍內進行的呢？表示範圍的助詞還有一個是「だけ」（只、僅僅），它後接肯定，表示限定。「だけ」前接名詞，位置要在動詞述語前面，來修飾後面的動詞，動詞不需要變成否定式。

因此，「我只吃日本料理。」日語語順就是，將「日本料理」移到表示範圍的助詞「只」前面，就可以啦！語順是，

主體は+關連內容だけ+動作（肯定）。

語順 圖表記憶 喀擦一聲！把文法圖表照進記憶中！

1 中文語順

我→只→吃→日本料理。

2 中文變日文

我は→日本料理→只（だけ）→吃べます。

私　日本料理　だけ　食べます。

3 日文語順

私（わたし）は　日本料理（にほんりょうり）だけ　食（た）べます。

我只吃日本料理。

單字語順

1 私(わたし)は　食(た)べます。我吃。

2 私(わたし)は　日本料理(にほんりょうり)を　食(た)べます。
我吃日本料理。

3 私(わたし)は　日本料理(にほんりょうり)　だけ　食(た)べます。
我只吃日本料理。

看漫畫比比看

1 私(わたし)は日本料理(にほんりょうり)しか食(た)べません。
我只吃日本料理。

2 私(わたし)は日本料理(にほんりょうり)だけ食(た)べます。
我只吃日本料理。

しか…ない→用在否定句中。著重在後面的「ない」，用在限定一件事物，而排除其他事物。帶有否定的可惜、後悔的心情。

だけ→用在肯定句中。著重在對事物跟數量的「限定」。有時帶有雖只有這樣，但也足夠的心情。

練習問題

1 照語順寫句子　依照下面的語順，改成一個完整的日文句子

1. 新宿 → 從 → 原宿 → 到 → 走路

新宿（しんじゅく）　原宿（はらじゅく）　歩（ある）きます

2. 大家 → 燒肉 → 只 → 吃（用「～しか～ません」句型）

焼肉（やきにく）　食（た）べます

2 排排看　請把盒子裡的字，排成正確的句子

1.
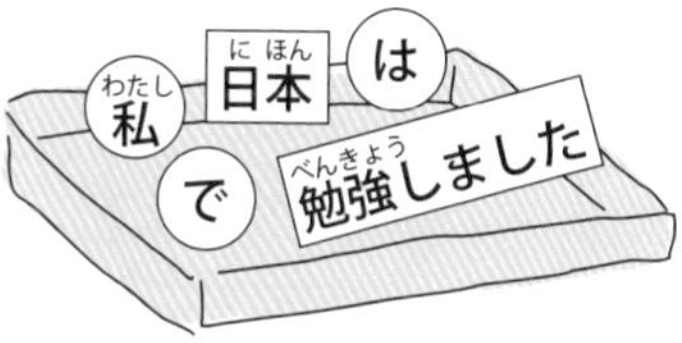

2.
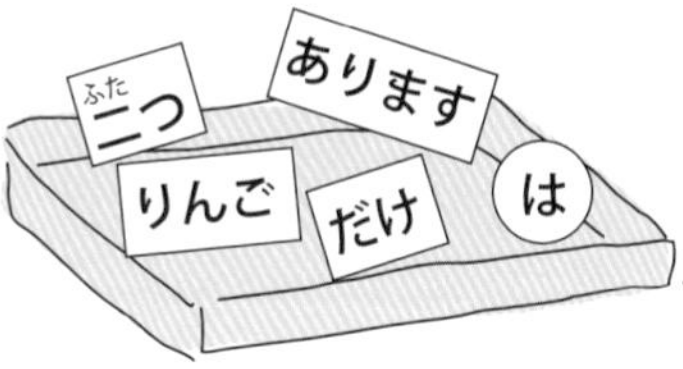

二（ふた）つ＝兩個；りんご＝蘋果

3 翻譯練習　請把中文句子翻譯成為日文

1. 我從廚房打掃。　廚房＝台所（だいどころ）；打掃＝掃除（そうじ）します

2. 哥哥在公司工作。　公司＝会社（かいしゃ）；工作＝働（はたら）きます

第三課 一起動作的對象

◎T46

日本一年四季都好玩；春天看櫻花、夏天看煙火、秋天吃美食、冬天去滑雪，每個時候都有各自的美。有機會，找個志同道合的好友，一起到日本走走喔！

行為的方式中，某動作一起進行的對象，用「～と」來當作修飾語，以修飾後面的述語。

「と（いっしょに）」（跟…一起）表示一起去做某事的對象。「と」前面是一起動作的人。

所以，「我跟朋友去日本。」日語語順就是，先將表示動作對象助詞的「跟」移到「朋友」後面，然後再將動詞「去」移到句尾就是啦！語順是，

主體は+對象と+動作。

語順 圖表記憶 ! 喀擦一聲！把文法圖表照進記憶中！

1 中文語順　我→跟→朋友→去→日本。

2 中文變日文　我は→朋友→跟（と）→日本へ→去きます。
私　友達　と　日本　行きます。

3 日文語順　私（わたし）は　友達（ともだち）と　日本（にほん）へ　行（い）きます。
我跟朋友去日本。

🔊 **1** 私(わたし)は　行(い)きます。我去。

🔊 **2** 私(わたし)は　日本(にほん)へ　行(い)きます。我去日本。

🔊 **3** 私(わたし)は　友達(ともだち)と　日本(にほん)へ　行(い)きます。我跟朋友去日本。

看漫畫比比看

1 私(わたし)は行(い)きます。
我去。

2 私(わたし)は日本(にほん)へ行(い)きます。
我去日本。

3 私(わたし)は友達(ともだち)と日本(にほん)へ行(い)きます。
我跟朋友去日本。

修飾語「友達と」是一起去日本的對象，修飾後面的動詞「行きます」。

練習問題

1 照語順寫句子　依照下面的語順，改成一個完整的日文句子

1. 老師 → 學生 → 跟 → 說話
話(はな)します

2. 店員 → 客人 → 跟 → 打招呼
店員(てんいん)　客(きゃく)　挨拶(あいさつ)します

3. 學長 → 學弟 → 跟 → 跳舞
先輩(せんぱい)　後輩(こうはい)　踊(おど)ります

2 翻譯練習　請把中文句子翻譯成為日文

1. 媽媽跟小孩去散步。　小孩＝子供(こども)；散步＝散歩(さんぽ)

2. 我跟朋友去補習。　補習＝塾(じゅく)

第四課　道具跟手段

（一）道具

T47

聽說要去除衣服上面的污漬，可以在洗衣前先將衣服用熱水沖洗一下，去污效果就超強的了！

做一件事情的時候，我們都知道用最省時、有效的方法。這時候就需要輔助的道具了！

做某行為，利用的是什麼道具？行為的方式中，某動作是用什麼道具來進行的？可以用「～で」來當作修飾語，修飾後面的述語。如果句中還有動作的對象，那麼，對象就放在修飾語的後面，述語的前面。

所以，「姊姊用熱水洗衣服。」日語語順就是，先將動詞「洗」移到句尾，再將表示道具的助詞「用」移到「熱水」的後面，就OK啦！語順是，

主體は+道具で+關連內容を+動作。

語順 圖表記憶 ！　喀擦一聲！把文法圖表照進記憶中！

1 中文語順　姊姊→用→熱水→洗→衣服。

2 中文變日文　姊姊は→熱水→用（で）→衣服を→洗います。
姊　お湯　で　服　洗います。

3 日文語順　姉（あね）は　お湯（ゆ）で　服（ふく）を　洗（あら）います。
姊姊用熱水洗衣服。

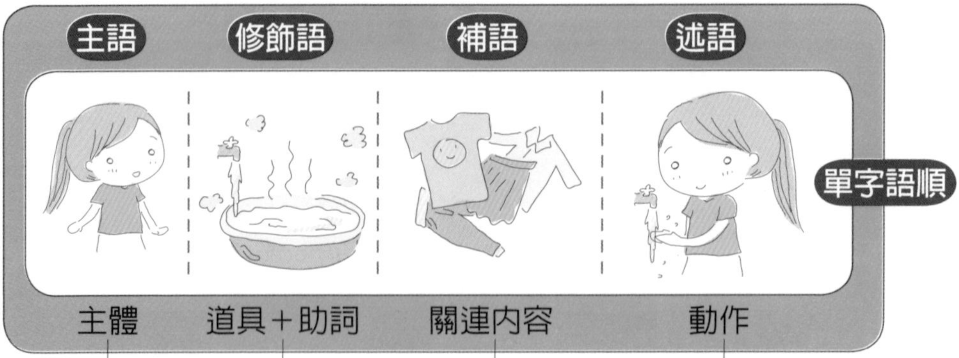

1 姉（あね）は　洗（あら）います。 姊姊洗。

2 姉（あね）は　服（ふく）を　洗（あら）います。 姊姊洗衣服。

3 姉（あね）は　お湯（ゆ）で　服（ふく）を　洗（あら）います。 姊姊用熱水洗衣服。

看漫畫比比看

例句（1）只單純提到「姊姊洗衣服」；例句（2）「お湯で」是「洗います」的道具，也就是從道具這一側面來修飾後面的動作，知道「洗」這個動作的道具是「熱水」。動作對象的「服を」就在修飾語的後面，述語動作的前面。

（二）器具

T48

做某行為，利用的是什麼器具？可以用「～で」來當作修飾語，修飾後面的述語。同樣地，如果句中還有動作的對象，那麼，對象就放在修飾語的後面，述語的前面。

所以，「妹妹用筷子吃飯。」日語語順就是，先將動詞「吃」移到句尾，再將表示器具的助詞「用」移到「筷子」的後面，就可以了啦！語順是，

主體は+器具で+關連內容を+動作。

語順 圖表記憶！ 喀擦一聲！把文法圖表照進記憶中！

1 中文語順 → 妹妹→（用）→筷子→（吃）→飯。

2 中文變日文 → 妹妹は→筷子→用（で）→飯を→吃べます。
妹　お箸　で　ご飯　食べます。

3 日文語順 → 妹（いもうと）は　お箸（はし）で　ご飯（はん）を　食（た）べます。
妹妹用筷子吃飯。

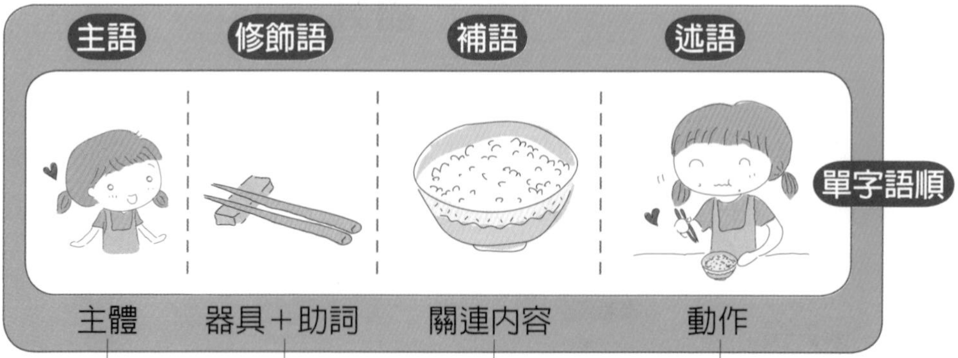

1 妹(いもうと)は　食(た)べます。　妹妹吃。

2 妹(いもうと)は　ご飯(はん)を　食(た)べます。　妹妹吃飯。

3 妹(いもうと)は　お箸(はし)で　ご飯(はん)を　食(た)べます。　妹妹用筷子吃飯。

「お箸で」是「食べます」的器具，也就是從器具這一側面來修飾後面的動作，知道「吃」這個動作的器具是「筷子」。動作對象的「ご飯を」就在修飾語的後面，述語動作的前面。

（三）語言

◎ T49

做某行為，使用的是什麼語言？可以用「～で」來當作修飾語，修飾後面的述語。同樣地，如果句中還有動作的對象，那麼，對象就放在修飾語的後面，述語的前面。

因此，「哥哥用日語寫報告。」日語語順就是，先將動詞「寫」移到句尾，再將表示語言的助詞「用」移到「日語」的後面，就可以啦！語順是，

主體は+語言で+關連內容を+動作。

語順 圖表記憶！ 喀擦一聲！把文法圖表照進記憶中！

1 中文語順

哥哥→用→日語→寫→報告。

2 中文變日文

哥哥は→日語→用（で）→報告を→寫きます。

兄　日本語　で　レポート　書きます。

3 日文語順

兄（あに）は　日本語（にほんご）で　レポートを　書（か）きます。

哥哥用日語寫報告。

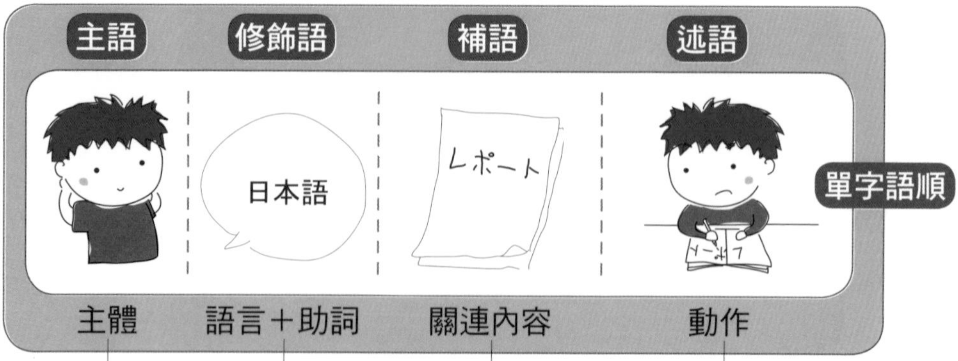

1 兄(あに)は　書(か)きます。　哥哥寫。

2 兄(あに)は　レポートを　書(か)きます。　哥哥寫報告

3 兄(あに)は　日本語(にほんご)で　レポートを　書(か)きます。　哥哥用日語寫報告。

「日本語で」是「書きます」所使用的語言，也就是從語言面來修飾後面的動作，知道「寫」這個動作的語言是「日語」。動作對象的「レポートを」，同樣地就在修飾語的後面，述語動作的前面。

（四）手段

◎ T50

到某處，利用的是什麼交通工具呢？行為的方式中，某動作是用什麼手段、方式來進行的？可以用「～で」來當作修飾語，以修飾後面的述語。如果句中還有到達目的地，那麼，目的地就放在修飾語的後面，述語的前面。

所以，「爸爸坐車去大阪。」日語語順就是，先將表示手段的助詞「坐」移到「車」的後面，再將動詞「去」移到句尾，就可以了啦！語順是，

主體は+手段で+關連內容へ等+動作。

語順 圖表記憶 喀擦一聲！把文法圖表照進記憶中！

1 中文語順 爸爸→坐→車→去→大阪。

2 中文變日文 爸爸は→車→坐（で）→大阪へ→去きます。
父　車　で　大阪　行きます。

3 日文語順 父（ちち）は　車（くるま）で　大阪（おおさか）へ　行（い）きます。
爸爸坐車去大阪。

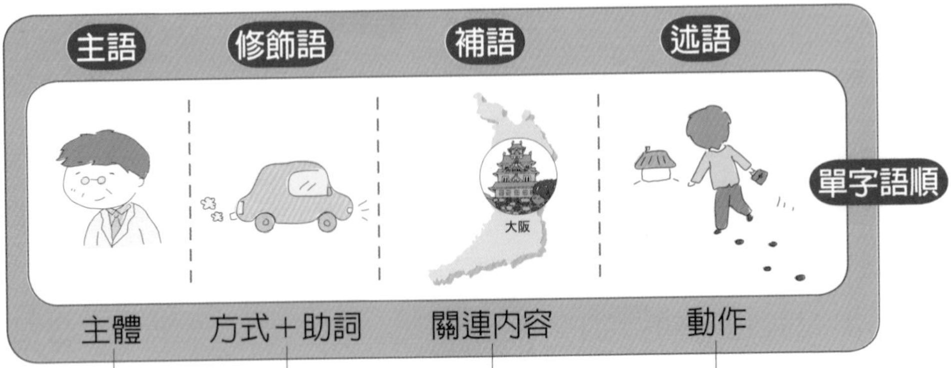

1 父（ちち）は　　行（い）きます。　爸爸去。

2 父（ちち）は　大阪（おおさか）へ　行（い）きます。　爸爸去大阪。

3 父（ちち）は　車（くるま）で　大阪（おおさか）へ　行（い）きます。　爸爸坐車去大阪。

看漫畫比比看

1 父（ちち）は大阪（おおさか）へ行（い）きます。
爸爸去大阪。

2 父（ちち）は車（くるま）で大阪（おおさか）へ行（い）きます。
爸爸坐車去大阪。

例句（1）只簡單提到「爸爸去大阪」；例句（2）「車で」是「行きます」的手段，知道「去」這個動作的手段是「搭車」。

練習問題

1 照語順寫句子　依照下面的語順，改成一個完整的日文句子

1. 妻子 → 水果 → 用 → 果汁 → 做

果物(くだもの)　ジュース

____

2. 學生 → 日文 → 用 → 日記 → 寫

日記(にっき)

____

2 排排看　請把盒子裡的字，排成正確的句子

1. 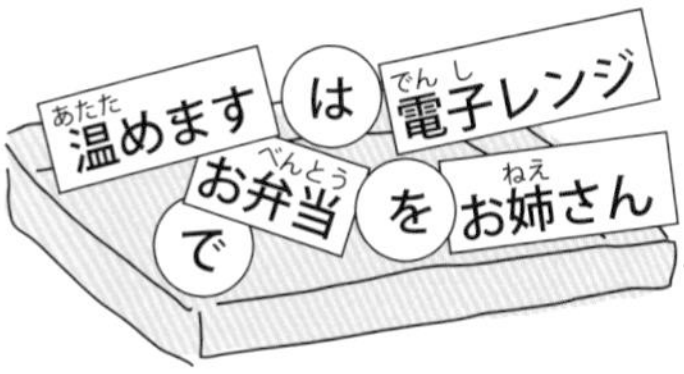

____

温(あたた)めます＝加熱；お弁当(べんとう)＝便當；電子(でんし)レンジ＝微波爐

2. 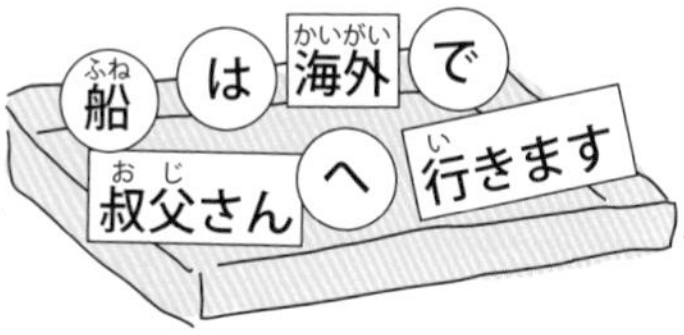

____

船(ふね)＝船

3 翻譯練習　請把中文句子翻譯成為日文

1. 妹妹用鉛筆寫字。　鉛筆＝鉛筆(えんぴつ)

____

2. 大學生用英語唱歌。　大學生＝大学生(だいがくせい)

____

第五課 狀況

◎ T51

您吃飯是像慢郎中一樣，慢斯條理的吃呢？還是像急急風一般，囫圇吞棗般地快快吃呢？表示某行為、動作發生的狀況，也是修飾語。這修飾語也是用來限定後面的述語的。

表示狀況常用的有，副詞「ゆっくり」（慢慢地）跟「はやく」（快快地）。如果句中有動詞的補語，那麼，表示頻度的副詞一般是在補語之前。

「慢慢吃飯吧！」日語語順是，把動詞「吃」移到句尾的「吧」之前。語順是，

狀況+關連內容を+動作。

語順 圖表記憶 ！ 喀擦一聲！把文法圖表照進記憶中！

1 中文語順 → 慢慢→吃→飯→吧！

2 中文變日文 → 慢慢→ 飯を→吃べ→吧（ましょう）！
ゆっくり　ご飯　食べ　ましょう。

3 日文語順 → ゆっくり　ご飯(はん)を　食(た)べましょう。
慢慢吃飯吧！

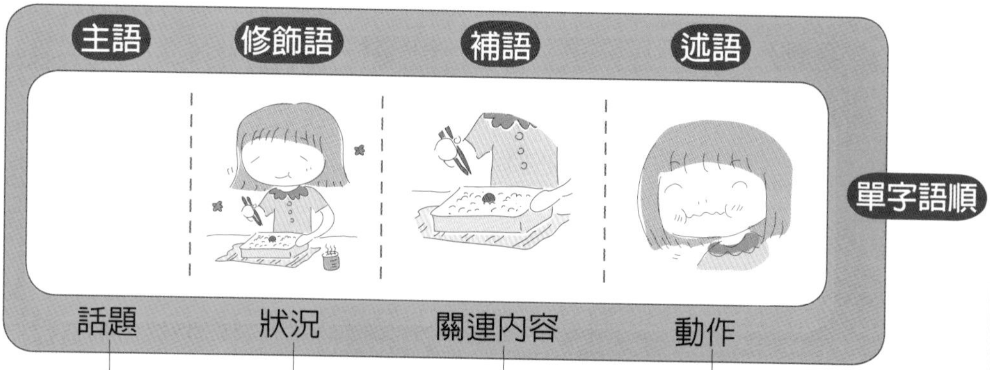

1 ご飯を 食べましょう。

吃飯吧！

2 ゆっくり ご飯を 食べましょう。

慢慢吃飯吧！

3 はやく ご飯を 食べましょう。

快快吃飯吧！

看漫畫比比看

例句（1）修飾語「ゆっくり」從行為的狀況上，來限定動作「食べます」，知道「吃」這個動作是「慢慢進行」；例句（2）修飾語「はやく」也是從行為的狀況上，來限定動作「食べます」，知道「吃」這個動作是「快快進行的」。

練習問題

1 照語順寫句子　依照下面的語順，改成一個完整的日文句子

1. 笑 → ～邊～邊 → 跳舞 → 了

   笑(わら)います　ながら

   ____

2. 好好地 → 發音 → 練習 → 吧

   よく　発音(はつおん)　練習(れんしゅう)します

   ____

3. 小些 → 字 → 寫 → 吧

   小(ちい)さい　字(じ)

   ____

2 翻譯練習　請把中文句子翻譯成為日文

1. 頭髮剪短些吧！

   短些＝短(みじか)い；頭髮＝髪(かみ)；剪下＝切(き)ります

   ____

2. 快樂地工作吧！

   快樂地＝楽(たの)しい

   ____

第六課　數量、頻度跟程度

（一）數量

T52

日本人有時候吃餃子要配白飯，吃牛排也要配白飯，可以知道日本人是多麼愛吃白飯了。那也是因為白飯好吃啦！想到日本那又香又Q的白飯，剛打開電鍋那一剎那，忍不住就要吞口水了。

吃飯的時候，一次吃幾碗啦！也就是某行為進行的數量，要放在行為述語的前面，來修飾述語。這個數量一般是由「數字+量詞」構成的，如「二杯」（兩碗）。

中文說「我吃兩碗飯」，先按照日語語順中，動詞老愛跟在後面的習性，把動詞「吃」往句尾移，然後再把表示數量的「兩碗」放在動詞的前面，就大功告成啦！語順是，

主體は+對象を+花費數量+動作。

語順 圖表記憶 喀擦一聲！把文法圖表照進記憶中！

1 中文語順　我→吃→兩碗→飯。

2 中文變日文　我は→飯を→兩碗→吃べます。
私　ご飯　二杯　食べます。

3 日文語順　私（わたし）は　ご飯（はん）を　二杯（にはい）　食（た）べます。
我吃兩碗飯。

1 私は　　　　　　　　　　　　　　食べます。　我吃。

2 私は　　ご飯を　　　　　　　　　食べます。　我吃飯。

3 私は　　ご飯を　　二杯　　　　　食べます。　我吃兩碗飯。

修飾語「二杯」從行為所花的數量上來修飾、限定動作「食べます」，讓動作的意思更清楚。

看漫畫比比看

例句（1）只是平鋪直述「我吃飯」；例句（2）加入「二杯」在述語「食べます」之前，知道是「吃兩碗」。

（二）頻度

T53

多久喝一次牛奶啦！一個月看幾次電影啦！一年出國了幾次啦！表示某動作的發生的頻度，也是修飾語。用來修飾後面的述語。

表示頻度常用的有，副詞「時々」（偶爾）還有「いつも」（經常）。如果句中有動詞的補語，那麼表示頻度的副詞，一般是在補語之前。

要說「我偶爾喝牛奶。」日語語順，當然是把動詞「喝」往句尾移，表示頻度的副詞「偶爾」保持在補語「牛奶」前就行啦！語順是，

主體は+頻度+關連內容を+動作。

語順 圖表記憶 喀擦一聲！把文法圖表照進記憶中！

1 中文語順 我→偶爾→喝→牛奶。

2 中文變日文 我は→偶爾→牛奶を→喝みます。
私　時々　牛乳　飲みます。

3 日文語順 私(わたし)は　時々(ときどき)　牛乳(ぎゅうにゅう)を　飲(の)みます。
我偶爾喝牛奶。

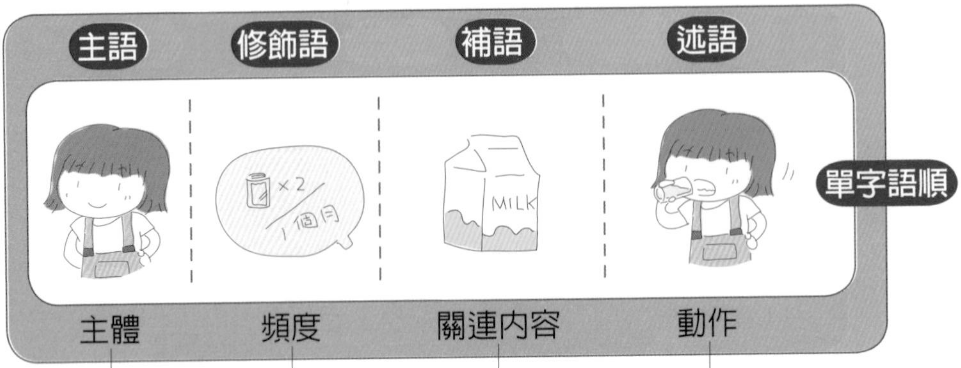

1 私(わたし)は		牛乳(ぎゅうにゅう)を	飲(の)みます。	我喝牛奶。
2 私(わたし)は	時々(ときどき)	牛乳(ぎゅうにゅう)を	飲(の)みます。	我偶爾喝牛奶。
3 私(わたし)は	いつも	牛乳(ぎゅうにゅう)を	飲(の)みます。	我經常喝牛奶。

看漫畫比比看

例句（1）頻度修飾語「時々」從行為的頻度上，來限定動作「飲みます」，知道「喝」這個動作是「偶爾才做的」；例句（2）頻度修飾語「いつも」也是從行為的頻度上，來限定動作「飲みます」，知道「喝」這個動作是「經常做的」。

（三）程度1

◎T54

形容詞述語，所提示的話題（主語），到底某狀態的程度有多少呢？對於形容的內容想要更詳細的說明，就需要表示程度的副詞，來修飾形容詞述語了。

其中，最常用的有副詞「とても」，相當於中文的「很」、「非常」、「挺」、「極」。

例如「とても高いです。」（非常高），其中「とても」是從程度面來修飾用言形容詞的「高い」，所以叫做程度用言修飾。日語的修飾句中，語順是「修飾語+被修飾語」。

因此「那座山很高。」的日語語順跟中文一樣，位置不用移動。簡單吧！

話題は+程度+形容。

語順 圖表記憶！ 喀擦一聲！把文法圖表照進記憶中！

1 中文語順
那座→山→很→高。

2 中文變日文
那座→山は→很→高いです。
あの　山　とても　高いです。

3 日文語順
あの　山（やま）は　とても　高（たか）いです。
那座山很高。

1 あの山（やま）は　　　　高（たか）いです。那座山高。

2 あの山（やま）は　とても　高（たか）いです。那座山很高。

「とても」表示程度極端的高，也就是現在的年輕人，常說的「超」的意思。位置是在形容詞述語之前。

看漫畫比比看

例句（1）常見的中文翻譯是「那座山（很）高。」，這裡的「很」，並沒有意義，只是為了讓形容詞句的中文翻譯，能表現得更完整，而加上去的。

例句（2）中文翻譯也是「那座山很高。」，由於多加入了程度副詞「とても」來修飾後面的形容詞述語「高い」，知道高度上真的是「很高的」。

（四）程度2

T55

至於形容動詞述語，所提示的話題（主語），到底某狀態的程度有多少呢？

跟形容詞一樣，也是需要表示程度的副詞，來修飾形容動詞述語了。其中，程度副詞的「いちばん」，也常被使用，它相當於中文的「最」、「頂」的意思。

「我最喜歡秋天。」由於加入了補語「秋天」，根據補語要在述語之前，程度修飾語要緊接在述語之前，所以形容詞述語「喜歡」是在句尾，程度修飾語的「最」是放在「喜歡」之前，語順是，

主體は+對象が+程度+形容。

語順 圖表記憶 喀擦一聲！把文法圖表照進記憶中！

1 中文語順

我→最→喜歡→秋天。

2 中文變日文

我は→秋天が→最→喜歡きです。

私　秋　いちばん　好きです。

3 日文語順

私（わたし）は　秋（あき）が　いちばん　好（す）きです。

我最喜歡秋天。

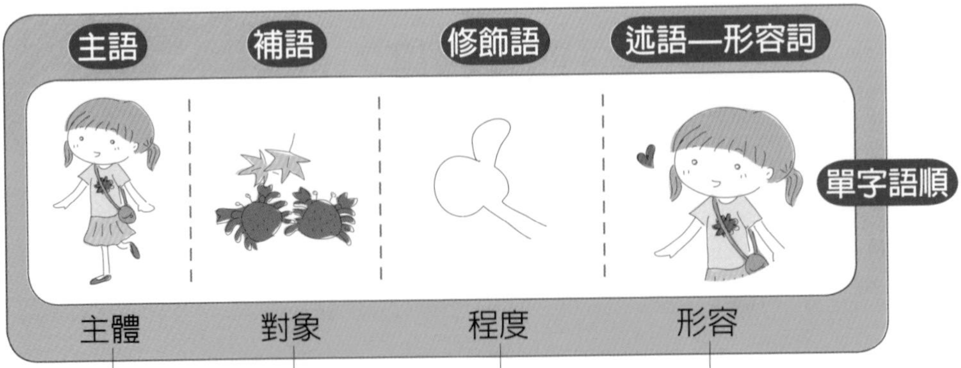

1 私(わたし)は　好(す)きです。我喜歡。

2 私(わたし)は　秋(あき)が　好(す)きです。我喜歡秋天。

3 私(わたし)は　秋(あき)が　いちばん　好(す)きです。我最喜歡秋天。

例句（2）修飾語「いちばん」（最），從程度面來修飾、限定形容詞述語「好きです」，知道主語「私は」在四個季節中，「最」喜歡秋天了。

看漫畫比比看

例句（1）加上補語「秋が」，知道喜歡的對象是秋天；例句（2）再加上「いちばん」（最），知道我是「最」喜歡秋天了。

練習問題

1 照語順寫句子　依照下面的語順，改成一個完整的日文句子

1. 那 → 冰箱 → 很 → 新
   冷蔵庫（れいぞうこ）　新しい（あたら）

2. 那個 → 模特兒 → 很→酷
   モデル　かっこういい

3. 我 → 偶爾 → 卡拉OK → 唱
   ときどき　カラオケ

2 翻譯練習　請把中文句子翻譯成為日文

1. 他喝三瓶啤酒。　三瓶＝三本（さんぼん）

2. 孩子常吃蔬菜。　（經）常＝よく；蔬菜＝野菜（やさい）

第七課　行為的目的

◎ T56

某行為是為誰而做的呢？那一行為的目的是修飾語，要放在動詞述語前面，來修飾述語。這一修飾語，要接形式名詞「ため」（為了）。「ため」如果前面接的是名詞就要用「のために」的形式。

要說，「我為她努力。」日語語順是，將「為」移到「她」的後面，就可以啦！語順是，

主體は+目的のために+動作。

語順 圖表記憶

喀擦一聲！把文法圖表照進記憶中！

1 中文語順

我→為→她→努力。

2 中文變日文

我は→她→為（のために）→努力ります。
私　彼女　のために　頑張ります。

3 日文語順

私（わたし）は　彼女（かのじょ）の　ために　頑張（がんば）ります。
我為她努力。

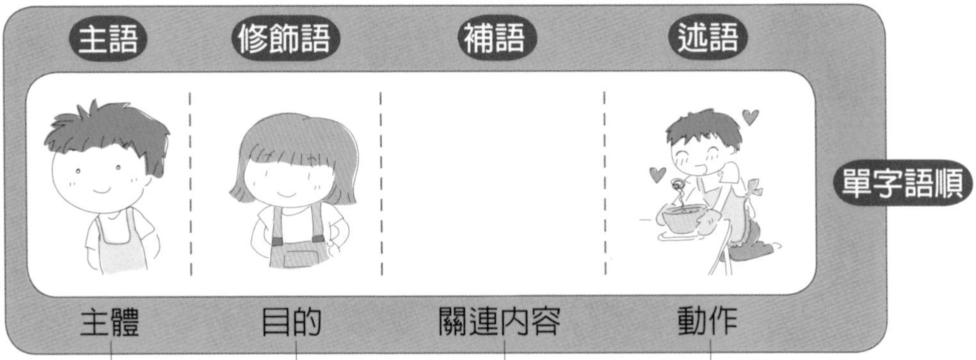

1 私(わたし)は　頑張(がんば)ります。

我努力。

2 私(わたし)は　彼女(かのじょ)のために　頑張(がんば)ります。

我為她努力。

3 私(わたし)は　病気(びょうき)のために　学校(がっこう)を　休(やす)みます。

我因為生病，
沒去學校。

「彼女のために」跟「病気のために」各表示「頑張ります」跟「休みます」這些行為的目的。也就是行為目的的用言修飾。

練習問題

1 照語順寫句子　依照下面的語順，改成一個完整的日文句子

1. 爸爸 → 哥哥 → 為了 → 西裝 → 買
西裝：スーツ

2. 他 → 她 → 為了 → 煙 → 戒 → 了
煙：タバコ　戒：止（や）めます

3. 我 → 孩子 → 為了 → 點心 → 買
孩子：子供（こども）　點心：おやつ　買：買（か）います

2 翻譯練習　請把中文句子翻譯成為日文

1. 父母為了孩子工作。　父母＝親（おや）

2. 我因為受傷而沒去上班。　受傷＝怪我（けが）

第八課 原因

◎ T57

某行為發生的原因為何呢？那一行為的原因是修飾語，要放在動詞述語的前面，來修飾述語。這一修飾語要接助詞「で」（因為）還有「から」（因為）。

要說，「我因為感冒缺席。」日語語順是，將「因為」移到「感冒」的後面，就可以啦！語順是，

主體は+原因で、から+行為。

語順 圖表記憶 喀擦一聲！把文法圖表照進記憶中！

1 中文語順 我→因為→感冒→缺席。

2 中文變日文 我は→感冒→因為（で）→缺席します。
私　かぜ　で　欠席します。

3 日文語順 私（わたし）は　かぜで　欠席（けっせき）します。
我因為感冒缺席。

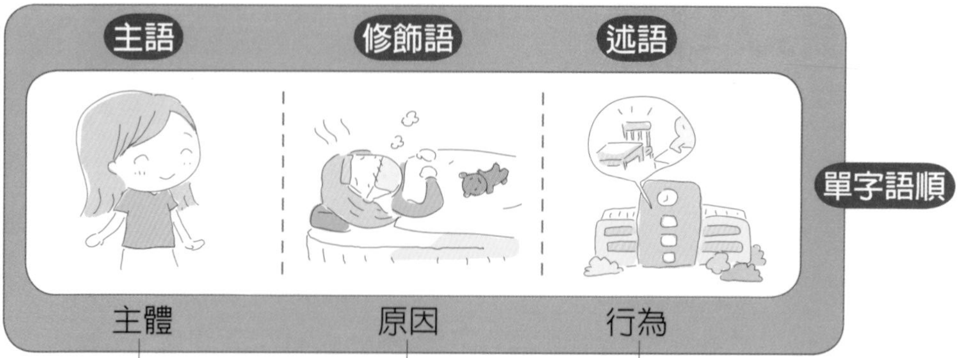

1 私（わたし）は　かぜで　欠席（けっせき）します。　我因為感冒（而）缺席。

2 村（むら）は　台風（たいふう）で　流（なが）されました。　村子因為颱風而被沖走了。

3 これは　いい本（ほん）だから、　買（か）いました。　因為這是好書，我買了。

「かぜで」、「台風で」跟「いい本だから」各表示「欠席します」、「流されました」跟「買いました」這些行為的原因。也就是行為原因的用言修飾。

造成某事態的原因，一般用「で」（因為）；表示那一原因是造成整個事態的根源，側重在因果關係中的原因，一般用「から」。

練習問題

1 照語順寫句子 依照下面的語順，改成一個完整的日文句子

1. 那是 → 很有趣的 → 偶像劇 → 因為 → （我）要看。
   偶像劇：ドラマ

2. 書 → 地震 → 因為（而） → 掉下來 → 了。
   地震：地震（じしん）　掉下來：落（お）ちます

3. 老師 → 打雷 → 因為（而） → 被嚇到 → 了
   打雷：雷（かみなり）　被嚇到：驚（おどろ）きます

2 翻譯練習 請把中文句子翻譯成為日文

1. 我因為遲到被罵了。　　被罵了＝怒（おこ）ります

2. 因為今天是好天氣，出門去。　　天氣＝天気（てんき）

MEMO

答對了嗎？

練習問題解答

練習問題解答

STEP 1 先弄懂一下

第五課 *p19*

照語順寫句子

1. 彼女は音楽を聴きます。
   她聽音樂。
2. 彼は日本語を教えます。
   他教日語。
3. 私はご飯をゆっくり食べます。
   我慢慢地吃飯。

排排看

1. 私はジュースを飲みます。
   我喝果汁。
2. あなたはお皿を洗います。
   你洗盤子。

STEP 2 基本句型

第一課 *p34*

照語順寫句子

1. 風が吹きました。
   風吹了
2. お兄さんは彼女とデートしました。
   哥哥和她約會了。
3. 八百屋は花子に大根を売りました。
   蔬果店賣了菜頭給花子。

排排看

1. お母さんは子供に宿題を教えます。
   媽媽給小孩教功課。
2. お父さんはビールを買います。
   爸爸買啤酒。

第二課 *p44*

排排看

1. 家は学校に遠いです。
   家離學校很遠。
2. お母さんは歴史に詳しいです。
   媽媽對歷史很瞭解。

翻譯練習

1. 海が青いです。
2. 車が便利です。
3. 山がきれいです。

第三課 *p50*

照語順寫句子

1. ここはデパートです。
   這裡是百貨公司。
2. これはりんごです。
   這是蘋果。
3. あれは私のノートです。
   那是我的筆記本。

排排看

1. あそこはトイレです。
   那裡是廁所。
2. 鈴木さんはサラリーマンです。
   鈴木先生 / 小姐是上班族。

翻譯練習

1. お父さんは社長です。
2. これは財布です。

STEP 3 補語+述語

第一課　*p57*

照語順寫句子

1. バスは病院(びょういん)を通(とお)ります。
   公車經過醫院。
2. 叔父(おじ)さんはタバコを吸(す)います。
   叔叔抽煙。
3. 弟(おとうと)さんは顔(かお)を洗(あら)います。
   弟弟洗臉。

排排看

1. お祖父(じい)さんは公園(こうえん)を散歩(さんぽ)します。
   爺爺在公園散步。
2. 猫(ねこ)がねずみを追(お)います。
   貓追老鼠。

第二課　*p62*

照語順寫句子

1. 彼(かれ)は教授(きょうじゅ)と会(あ)います。
   他跟教授見面。
2. 私(わたし)たちは彼(かれ)にプレゼントをあげました。
   我們送了禮物給他。
3. 僕(ぼく)は彼女(かのじょ)にメールを送(おく)りました。
   我寄電子郵件給她了。

排排看

1. 私(わたし)は先生(せんせい)と相談(そうだん)します。
   我跟老師商量。
2. 太郎(たろう)は友人(ゆうじん)に本(ほん)を貸(か)しました。
   太郎借了書給朋友。

第三課　*p67*

照語順寫句子

1. 私(わたし)は学校(がっこう)に行(い)きます。
   我到學校。
2. 弟(おとうと)さんは海(うみ)へ泳(およ)ぎに行(い)きます。
   弟弟去海邊游泳。
3. 山下(やました)さんは八百屋(やおや)へ買(か)い物(もの)に行(い)きます。
   山下先生去蔬果店買東西。

排排看

1. 私(わたし)は遊園地(ゆうえんち)に行(い)きます。
   我到遊樂園。
2. お父(とう)さんは銀座(ぎんざ)へ飲(の)みに行(い)きます。
   爸爸去銀座喝酒。

第四課　*p74*

照語順寫句子

1. 教室(きょうしつ)に生徒(せいと)がいます。
   教室有學生。
2. 男(おとこ)の子(こ)はケータイがあります。
   男孩子有手機。

排排看

1. 病院(びょういん)に医者(いしゃ)がいます。
   醫院裡有醫生。
2. 女(おんな)の子(こ)はボールペンがあります。
   女孩子有原子筆。

翻譯練習

1. そこに冷蔵庫(れいぞうこ)があります。
2. 家(いえ)に犬(いぬ)がいます。

第五課　*p78*

照語順寫句子

1. 男(おとこ)の人(ひと)はソファーに座(すわ)ります。
   男人坐到沙發。
2. お兄(にい)さんはトンネルから出(で)ます。
   哥哥從隧道出來。

排排看

1. お母(かあ)さんは部屋(へや)に入(はい)ります。
   媽媽進去房間。

2. 花子は郵便局へ行きます。

花子往郵局去。

翻譯練習

1. 私はバスを降ります。
2. 私は海外へ行きます。

第六課　*p81*

照語順寫句子

1. 髪が長くなりました。

頭髮變長了。

2. 弟さんがハンサムになりました。

弟弟變帥了。

排排看

1. 先輩は作家になりました。

前輩當了作家。

2. お祖母さんは元気になりました。

奶奶變健康了。

翻譯練習

1. 子供の服は汚くなりました。
2. 妹さんは音楽家になりました。

第七課　*p85*

照語順寫句子

1. ガラスで椅子を作ります。

用玻璃做椅子。

2. ワインは葡萄から作られました。

葡萄酒是從葡萄製成的。

排排看

1. バナナでデザートを作ります。

用香蕉做甜點。

2. パンは小麦粉から作られました。

麵包是從麵粉製成的。

翻譯練習

1. 木で箸を作ります。
2. お酒は米から作られました。

第八課　*p89*

照語順寫句子

1. 今日は昨日より寒いです。

今天比昨天寒冷。

2. 韓国語は日本語と似ています。

韓語很像日語。

排排看

1. 町は田舎より賑やかです。

城市比鄉下熱鬧。

2. 弟さんはお母さんに似ています。

弟弟很像媽媽。

翻譯練習

1. これはそれより易しいです。
2. あの人は私の友達に似ています。

STEP 4 變形句

第一課　*p92*

照語順寫句子

1. 今、大雨が降っています。

現在正在下大雨。

2. おととい、地震が起きました。

前天有了地震。

排排看

1. 日曜日、気温が下がります。

禮拜天氣溫會下降。

2. 昨日、台風が来ました。

昨天颱風來了。

翻譯練習

1. 先週、雪が降りました。

2. あさって、風が吹きます。

第二課　*p95*

照語順寫句子

1. 一緒に歌を歌いませんか。
要不要一起唱歌？

2. 一緒に家に帰りましょう。
一起回家吧。

排排看

1. 一緒に電車に乗りましょう。
一起搭電車吧。

2. 一緒にテレビを見ませんか。
要不要一起看電視？

翻譯練習

1. 一緒にゲームを遊びませんか。
2. 一緒に彼を待ちましょう。

第三課　*p102*

照語順寫句子

1. 私はラジオを聴きたいです。
我想聽廣播。

2. みんなは時間がほしいです。
大家想要有時間。

排排看

1. 大人はマイカーを買いたがります。
大人想要買自用車。

2. 私たちは犬がほしいです。
我們想要（養）狗。

翻譯練習

1. 彼はかばんを買いたがります。
2. お姉さんはスカートがほしいです。

第四課　*p109*

照語順寫句子

1. 主人はカレーが作られます。
老公會做咖哩。

2. お姉さんは洋服を作ることができます。
姊姊會做衣服。

排排看

1. お母さんはコンピューターが使えます。
媽媽會使用電腦。

2. 林さんは納豆が食べられます。
林先生敢吃納豆。

翻譯練習

1. 私はバレエが踊れます。
2. 先生は小説が書けます。

STEP 5 用言修飾語+述語

第一課　*p118*

照語順寫句子

1. 彼女は夜１１時から朝７時まで寝ました。
她從晚上11點睡到了早上7點。

2. バイオリンは三年間習いました。
學了三年小提琴。

排排看

1. お兄さんは9時から運動します。
家兄從9點開始運動。

2. 私は夕方から夜まで料理します。
我從傍晚開始做菜到晚上。

翻譯練習

1. 友達は明日退院します。
2. 赤ちゃんは１２月1日に生まれました。

第二課　*p125*

照語順寫句子

1. 新宿から原宿まで歩きます。
   從新宿走路到原宿。
2. みんなは焼肉しか食べません。
   大家只吃燒肉。

排排看

1. 私は日本で勉強しました。
   我在日本唸了書。
2. りんごは二つだけあります。
   蘋果只有兩個。

翻譯練習

1. 私は台所から掃除します。
2. お兄さんは会社で働きます。

第三課　*p128*

照語順寫句子

1. 先生は学生と話します。
   老師跟學生說話。
2. 店員は客と挨拶します。
   店員跟客人打招呼。
3. 先輩は後輩と踊ります。
   學長跟學弟跳舞。

翻譯練習

1. お母さんは子供と散歩へ行きます。
2. 私は友達と塾へ行きます。

第四課　*p137*

照語順寫句子

1. 奥さんは果物でジュースを作ります。
   妻子用水果做果汁。
2. 学生は日本語で日記を書きます。
   學生用日文寫日記。

排排看

1. お姉さんは電子レンジでお弁当を温めます。
   姊姊用微波爐加熱便當。
2. 叔父さんは船で海外へ行きます。
   叔叔搭船去國外。

翻譯練習

1. 妹さんは鉛筆で字を書きます。
2. 大学生は英語で歌を歌います。

第五課　*p140*

照語順寫句子

1. 笑いながら踊りました。
   邊笑邊跳舞了。
2. よく発音を練習しましょう。
   好好地練習發音吧。
3. 小さく字を書きましょう。
   字寫小些吧！

翻譯練習

1. 短く髪を切りましょう。
2. 楽しく仕事をしましょう。

第六課　*p149*

照語順寫句子

1. あの冷蔵庫はとても新しいです。
   那冰箱很新。
2. あのモデルはとてもかっこういいです。
   那個模特兒很酷。
3. 私はときどきカラオケを歌います。
   我偶爾唱卡拉OK。

翻譯練習

1. 彼はビールを三本飲みます。
2. 子供はよく野菜を食べます。

第七課　*p152*

照語順寫句子

1. お父(とう)さんはお兄(にい)さんのためにスーツを買(か)います。
   爸爸為了哥哥買西裝。
2. 彼(かれ)は彼女(かのじょ)のためにタバコを止(や)めました。
   他為了她戒煙了。
3. 私(わたし)は子供(こども)のためにおやつを買(か)います。
   我為了孩子買點心。

翻譯練習

1. 親(おや)は子供(こども)のために働(はたら)きます。
2. 私(わたし)は怪我(けが)のために会社(かいしゃ)を休(やす)みます。

第八課　*p155*

照語順寫句子

1. あれは面白(おもしろ)いドラマだから、見(み)ます。
   因為那是很有趣的偶像劇，（我）要看。
2. 本(ほん)は地震(じしん)で落(お)ちました。
   書因為地震而掉下來了。
3. 先生(せんせい)は雷(かみなり)で驚(おどろ)かされました。
   老師因為打雷而被嚇到了。

翻譯練習

1. 私(わたし)は遅刻(ちこく)で怒(おこ)られました。
2. 今日(きょう)はいい天気(てんき)だから、出(で)かけます。

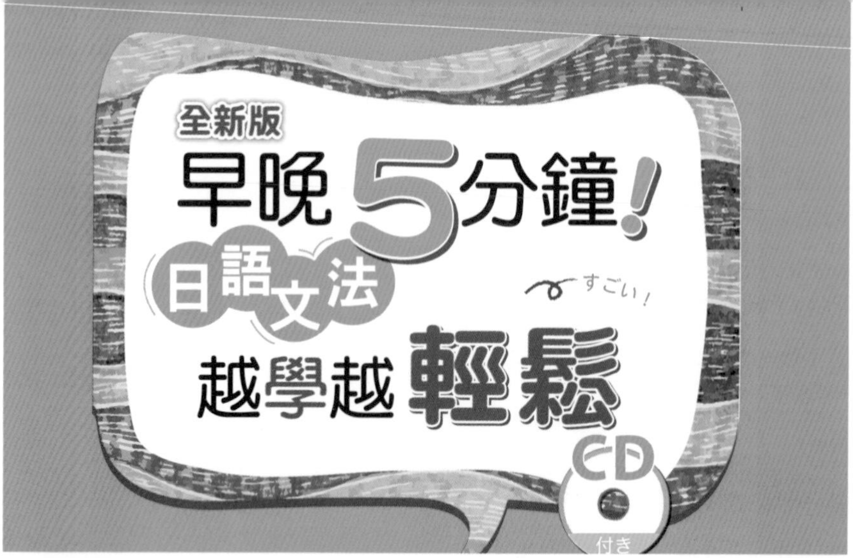

私房教學 08

出版日期● 2017年9月 初版一刷
發行人 ● 林德勝
作者 ● 福田真理子
出版發行 ● 山田社文化事業有限公司
地址 臺北市大安區安和路一段112巷17號7樓
電話 02-2755-7622 02-2755-7628
傳真 02-2700-1887
郵政劃撥 ● 19867160號 大原文化事業有限公司
網路購書 ● 日語英語學習網 http://www.daybooks.com.tw
總經銷 ● 聯合發行股份有限公司
地址 新北市新店區寶橋路235巷6弄6號2樓
電話 02-2917-8022
傳真 02-2915-6275
印刷 ● 上鎰數位科技印刷有限公司
法律顧問 ● 林長振法律事務所 林長振律師
書＋1CD ● **定價 新台幣310元**

ISBN 978-986-246-170-9

STS

山田社

STS

山田社